集英社オレンジ文庫

神さま気どりの客は
どこかでそっと死んでください

夕鷺かのう

本書は書き下ろしです。

Contents

イラスト／くろのくろ

うさぎと蜘蛛

毒吐きサエちゃん。

——というのが、学生時代、私の二つ名であり、人からのもっぱらの評価だった。

由来はそのままである。氏名が樋口冴《ひぐちさえ》で、口を開けば毒舌《どくぜつ》が飛び出すから、毒吐きサエちゃん。なんの捻《ひね》りもない。

ついでに、そう呼ばれるようになった発端は、なんだっただろうか。

たしか、鉄道マニアを名乗りながら、キセル——通過駅を中抜きにし、規定よりも低い運賃で不正に目的地に行くことを、そう呼ぶらしい——を繰り返しては自慢していた、同じサークルの男の先輩に、「それ、ぶっちゃけ犯罪じゃないですか？　あと、自分の好きなものにすらお金かけられないとか、クッソダサいと思います」と言い放ったことだったように記憶している。その翌日から当の先輩は部室に来なくなり、一方、私はなぜか新入生にして毒舌女王の名をほしいままにすることになってしまった。

そうか。思ったとおりのことを、思ったとおりに言えば、毒舌になるのか。

高校生の頃は、似たような感性の仲間とばかりつるんでは、お互い割りすぎた腹から内臓が飛び出そうな勢いの会話をしていた私にとって、初めて「冴ちゃんってば毒舌！」と言われた時、新鮮な驚きがあった。ごく親しい友人や先輩たちにより始まったその呼び方も、大学で四年間を過ごす間に、いつの間にかすっかり定着してしまったものである。

とはいえ、特に不満はない。不必要な嘘《うそ》をつくのは嫌いだ。それくらいなら毒舌の汚名も甘んじてかぶる。しいて歯に衣を着せずものを言うのは、自分なりの誠意の示し方だと、信じていたからだ。

なお、大学の友人たちは、そんな私をごく自然に受け容《い》れ、時には「いぶし銀のサエ」と味なイジり方をしたり、「冴ちゃんの筋の通った正しさに、よくハッとさせられては助けられる」と嬉《うれ》しい言葉すらかけてくれていた。周りに恵まれて、毒吐きサエちゃんは、毒舌なりに、幸せで楽しく充実した日々を送っていたのだ。

そんな、さほど長くもないはずの毒吐きサエちゃんの人生において、見る影もなくベッコベコに凹《へこ》んだ経験は、少なくとも二回ある。

まず、「自分は自分なりに自分らしくでいい」なんて、ずいぶんな甘えだったと最初に気づかされたのは、就職活動の時だ。

四年生当時、いまだシュウカツ氷河期を抜けきっておらず、私はもう、呆《あき》れるほど立て続けに、あらゆる業種の会社に落ち続けた。それも必ず、エントリーシートと筆記試験は突破するのに、面接で落とされるのである。「サエの魅力に気づかないなんて、見る目のない企業だったんだよ」と慰めてくれる友人たちは、先にどんどん内定をとっていった。

外見が目を引くほうではない自覚ならあった。学生生活は素のままで充実していたので、恋愛にも身を飾ることにも特に必要性を感じず、それらをちゃんとひととおりこなしてきた数多《あまた》のライバルより、圧倒的に華が足りない。きらきらと輝くように笑い、おしゃれで化粧もうまく、社交性に富み女子力も高い魅力的な友人たちに比べて、量販店のリクルートスーツに身を包んだ地味子の私は、毛羽立ったハシブトガラスのように野暮ったく、基本的に無愛想、笑顔も引きつり気味で、おまけに口下手。でも、それにしたって、こんなにも露骨に差が出るものかと。

見事な挫折だった。もし勉強なら、一生懸命やったぶんだけ報われるのに。今まで培《つちか》った知識も経験も、努力も誠実さも、いざ社会に出て行こうという時には、なんの意味もなさない。容姿力と愛想力とアピール力が足りなければ、自力でいっぱしに生きていく資格すらないと、世間さまから嘲笑《あざわら》われているようで。私は人目につかないところで、毎日のように泣いた。なお、どれだけ心の許せる相手であろうと、誰かに涙を見せたり弱音を吐くのは苦手だった。たぶん生来の気質なのだろう。

そんな中、シュウカツ留年を覚悟していた私を掬《すく》い上げてくれたのが、〝ファビュラス・マリッジ・コーポレーション〟という会社だ。マリッジという名称にたがわず、いわゆる結婚相談所である。

「ウチって、社員数は五十人そこそこの小さな会社だけど、その何十倍ものお客さまにご登録いただいていてね。こもごもの想いを胸に日々婚活を続ける皆さまを、お手伝いしているんだよ。あっ、ファビュラスっていっても、別に胸が大きい女性とグッドルッキングなガイしか登録できないわけじゃないからね。なーんて、今時の子には面白くないか、アハハ」

私一人しかいない新卒採用の事前説明会で、「本当に、四月になったらこの会社が雇ってくれるんだろうか……」と自己不信に陥《おちい》りながら会社のロビーに踏み入れた私を自ら出迎えてくれた所長は気さくな人で、まずは親父ギャグで緊張をほぐしてくれた。

「あの、……大丈夫だったんでしょうか？」

事務の概要や給与体系、就業規則などの諸々《もろもろ》を聞き終わったあとで、「何か質問ある？」と尋《たず》ねられ、私はついうっかり本音の疑問を口にしてしまった。

「ん？　大丈夫って？」

「いえ、私、見てのとおり別に可愛《かわい》いほうじゃないし、……愛嬌《あいきょう》ないし、口達者でもないし。おまけに、ずっと彼氏もいなくて、……恋愛経験とかも、ぜんぜん足りないんです。結婚相談所なんて華やかな仕事、やっていけるのかなって……」

この期《ご》に及んで「そっか、じゃあやっぱり不採用で」と言われても困るだけなのに、無意味なばかりか後ろ向きな質問をしてしまったと気づき、「すみません、忘れてください」

と釈明に走る私に、所長はふと真面目な顔になった。

「うーん。ウチは社員のプライベートより、統計データなんかの理論重視スタイルだから、恋愛経験云々《うんぬん》はなんの問題もないし。愛想とかも、さらにどうでもよくてさ。とりあえず僕は、面接の時の樋口さんの目がものすごく真剣で、この子ならいい仲人《なこうど》になれる、って思ったんだよね」

「仲人……？」

首を傾《かし》げてから、しまった、と後悔する。たぶん、業界の基礎用語だろうに。シュウカツの最末期にやっともらった内定で、そこからは卒論漬けだったなんて、言い訳にもならない。これでは、入社前の下調べをまったくしていないと自己申告しているようなものだ。

恥じ入る私に、とくに気にした風もなく、所長は「ふふふ」と笑みを深めた。

「そう、仲人。僕ら結婚相談所の業界用語ではね、お客さまにお見合い相手の斡旋《あっせん》を行うスタッフを、〝仲人〟って呼ぶんだよ」

「……そうなんですか」

なんでも本来、辞書的な意味での〝仲人〟とは、結婚が決まった男女両家の間を仲立ちし、婚約から挙式、さらには新婚生活に至るまでをサポートする人間のことだそう。最近はあまり見かけることはないが、かつては「仲人とは親にも等しい」と言われるほど、重要な立ち位置だったという。

「引き比べて僕ら相談所の〝仲人〟ってのは、お支払いいただいた契約料ぶん働く、単なるお世話スタッフにすぎないんだけどね。ま、某《ぼう》アミューズメントパークが、スタッフをキャストと呼ぶようなものだと捉《とら》えてくれたらいいよ。ゲストの幸せな結婚という夢を叶えるために尽力するわけだから、ある意味、それとよく似た職種なわけだし」

「……」

「ウチが新卒の子を採り始めたのは、去年からの試みなんだけど……僕としては、何よりもまずお客さまの幸せについて、きちんと正面から考えて、仕事に取り組んでくれそうな人が欲しかったんだ。で、今、我ながら見る目があった！　って満足してる。だから、樋口さんと一緒に働けるのは、すごく楽しみだよ」

「……そうですか」

嬉しいはずなのに、私はついぶっきらぼうな返事をしてしまった。唇を嚙《か》みしめていないと、ちょっと泣きそうになってしまったせいだ。

まるで地獄《じごく》に仏だ。

高卒からの叩きあげで、この相談所を大きくしてきたという所長には、初老の柔和な顔立ちも相まって、まるで後光が差して見えた。

「これからよろしくお願いします！」

思わず私は頭を下げていた。

仲人。

そうか、……仲人、か。

誰かの幸せをお手伝いするキャスト。それが、私の仕事になるのだ。

説明会が終わったあと、社会人になってからの自らの役割の名を胸の内で噛みしめ、帰る足取りは自然と軽やかになっていた。


しかし。

二回目の挫折を味わうタイミングは、それから間もなく訪れた。

働き始めてすぐは、仕事を覚えるのに必死だった。けれど、数カ月経《た》ってだんだん慣れてくると、当初は見えてこなかった問題点というものが浮き彫りになってくる。言うなればそれは、非常に厄介《やっかい》な、……目標と現状のギャップ、というやつである。

たとえば、結婚相談所あるあるクエスチョンのひとつに、「結婚相談所に登録するだけで、どうしてみんな、好きな相手と必ず結婚できると思うの？」というものがある。

実際のところ、同業の他社さんに比べ、うちの登録料は高い。「一年間でそんなにするの？」と入会説明時に顔をしかめる方も多い。それぐらい、高い。

けれど、いくら高額でも、個人で賄《まかな》える程度のお金だけで、誰とでも自在に簡単に結婚できるなら、日本国中の女子は総じて一途《いちず》で美形な石油王をオトし、男子はみんなグラマラスなセレブ美女とくっついていると思いませんか。もちろん私だって、入会金に変えるべく銀行に走って預金をありったけ下ろしてくるところだ。

青色の猫型ロボットの出してくれる未来の道具のおかげで、主人公の恋愛がマトモに成就したためしはないし、願いをなんでも叶えてくれるランプの青い魔神だって「意中の相手を操って恋心を抱かせるのだけはタブー」だと言っていた。その二人ができないものを、単なる人類にすぎない我々仲人にできてたまるか。ところで、ああいう願いを叶えてくれる系の方々って、どうして往々にして青色をしているんだろう。

果たして、「ちょっと、仲人さんの率直なアドバイスが聞きたいんだけど」と前置きして、カウンターを訪れるたびになんのてらいもなく欲望を表明するお客さま方に、私は頭がくらくらしたものだ。

「年収一千万円以上でぇ、年齢はあたしとあんまり変わらなくてぇ、優しくてぇ、結婚後は家事も育児も手伝ってくれてぇ、親の介護とは一生無縁でぇ。あとあと、足長くてイケメンってのは必須の条件でぇ」

「いくら美人でもさ、三十過ぎたら、もうババアじゃん。もっと若い子いないの？」

「この間お見合いした人、女のくせにアレコレ口答え多くて困ったよ。そういうのは〝性格難アリ〟って事前に教えといてくれないとさぁ。気立てのいい子求むって、さんざん言ったってのにな。ハズレを引かされるこっちの身にもなってくんない？」

もちろん、「どうせなら少しでも条件のいい相手を」――というのは、当然の願いだ。生物学的な種の保存という観点からして理にかなっている。が、「どうせなら」の内容やレベルを冷静に考えてほしい時がある。冷静にというのは、客観的にということで。その客観的こそが、難しいのも理解してはいるけれど。

一方で、相談を受ける側である私のスペックとて難がある。彼氏はいないどころか作る気すらなく、結婚願望も今のところ皆無という、完全なる〝お一人さま〟な身の上に、プライベートでは毛ほども劣等意識を抱いたことはない。けれど、仲人という仕事をこなしていく上では、どうしても暗い影を落とした。

経験は不足していて、知識は目下勉強中。それでも、なんとかして会社の役に立ちたい。どうすればいいのか。さんざん悩んだ末に、私は答えを捻りだした。

――お客さまの幸せについて、きちんと正面から考えて、仕事に取り組んでくれそうな人が欲しかったんだ。

事前説明会の時、所長がかけてくれた台詞《せりふ》は、私にとって金科玉条《きんかぎょくじょう》である。

だから、私なりにお客さまのためにできることといえば、その〝客観的〟のなんたるかを彼らにご理解いただけるまで、口を酸《す》っぱくしてご説明するしかない。そう考えたのだ。いくら辛辣《しんらつ》であろうと、それしかない、と。

というわけで。私は、気合いを入れて、率直な意見を皆さまに返すことにした。

「年収一千万、でございますか。失礼ですが、お客さまのご年齢や収入などのデータを鑑《かんが》みたところ、お互いの条件が一致する方は、一人も見当たりません。なにせ、お相手の男性にも選ぶ権利がございますので……」

「三十過ぎたらババア……と？　念のため、お客さまのご年齢を確認させていただいても？　……四十五歳でお間違いございませんか？」

「お言葉ですが、気立てのいい子というのは、従順で文句を言わない子とイコールではないのでは。いえ、都合のいい子とは呼べるかもしれませんが……」

……まあ、あの言い草はないよなと、冷静になった今なら思う。

仲人の暴言のせいで傷ついたとクレームが入り、所長ともども頭を下げに行くトラブルにまで発展したのは、入社後半年ほど経った時だった。

――これが、毒吐きサエちゃんの二度目の挫折の経緯である。

会社にとって戦力になるどころか、足を引っ張ってしまった。謝罪のためにお客さまのご自宅に出向いたあと、ひたすら申し訳なさに縮こまって、場合によっては退職も覚悟していた私に、所長はラーメンを奢《おご》ってくれた。あっさり薄味系の塩ラーメンが、妙にしょっぱく感じられたのは、たぶん目からこぼれそうになるのを我慢したしずくが、鼻を通じて口の中に滴《したた》ったせいだろう。

「ヘーキヘーキ。慣れてないと、やり方にいろいろ戸惑うと思うけど。お客さまへのアドバイスの距離感なんて、ちょっとずつ摑《つか》んでいけばいいからさ！」

そう言って、「どんまい」とばんばん背を叩いてくれた所長に。

どこにも就職できず絶望していた私に仕事をくれた恩人に、多大な迷惑をかけてしまったことを、私はとにかく悔いた。

――もう絶対に、同じ轍《てつ》は踏むもんか。

私は大いに反省し、そして、誓った。

なぜなら自分は毒吐きサエちゃんなのだ。いよいよきっちり自覚せねばなるまい。毒とは人を害するものである。マムシやコブラが、「ごめん、ついうっかり咬《か》んじゃった」をやれば人死にが出る。無自覚に有害物質を垂れ流してはいけない。意図的に封印せねば、と。

黒々した言葉を、腹の底でとっさに思ってしまうこと自体は止められない。ワンクッション置いて、有益なアドバイスに変換できないか模索もしたが、捏《こ》ねまわして毒消ししている間に言うタイミングを逸してしまうことが判明したので諦《あきら》めた。

かくして私は、何よりもお客さまに心地よく婚活してもらうことを、至上命題に据《す》えることにした。沈黙は金。雄弁は、銀なのである。……少なくとも、私にとっては、だが。

さらに、自分はご縁結びのキャストなのだから、野暮ったいままではいけない。オフィスカジュアルなおしゃれや清潔感のある化粧を、ファッション誌で勉強して身につける。入社直後はぎこちなかった笑顔も、初めて訪れる人を安心させられるよう練習を重ね、それなりに自然に見えるよう磨きをかけていく。

そうこうするうち、私がファビュラス・マリッジに就職してから、三年ほどが経過していた。もっとも、そうやって気持ちに折り合いをつけてスタンスを固定すれば、職場は雰囲気もよく、仕事もやりがいがあり順風満帆、とても快適だった。とにもかくにも、死ぬほどドン底まで気分が沈んだのは、その二回だけだったのだ。

だが、――このたび遭遇した三回目については、衝撃も重みも、今までの比ではなかった。いろんな意味で、もう駄目かもしれないと覚悟した。

今から話すのは、その三回目のドン底から、私が這《は》いあがるまでの物語である。

＊

年度が明けたばかりの、とある春のはじめの日曜日だった。

我が社において休暇は輪番制である。いわゆる公休日というのは、お見合いもご相談も入会申し込みも書き入れ時なので、私も同僚たちも、基本的に入社からこちらほぼ休んだことはない。

しかし、珍しくその日は暇だった。閑古鳥《かんこどり》が鳴く受付のカウンターに座ったまま、日がな重苦しく曇《くも》ったり泣いたりを繰り返しながらついぞ晴れ間を見せなかった空を、私はガラスの自動ドア越しにぼんやりと見上げて過ごしていた。

桜も見頃だというのにこの悪天。今日がデートだった方は気の毒だが、逆境をうまくフォローすることで、相手に好印象を与えるチャンスに変えていただきたいもの……、などと詮《せん》なく考える。天候ひとつとっても仕事に繋《つな》げてしまうのは立派な職業病だろうが、私はそれに罹患《りかん》している自分が嫌いではなかった。

「すみません、まだやってますか」

そんな私のもとに、生気のない顔色をした男性がふらりとやってきたのは、まもなく受付終了になろうかという午後六時のことだ。

「もちろん、大丈夫ですよ！」

お会いしたことのない方なのはもちろん、会員カードを提示する気配もない。おそらく新規登録の申し込みだろう。気の抜けていたところの来客に、私は慌《あわ》てて表情を引き締めて立ち上がり、背筋を伸ばす。

「どうぞおかけください」

カウンター下からパンフレット類を引っ張り出しながら、私は、そっと男性の様子に注目してみた。

表情が疲れていることもあって、多少年かさに見えるが、実際は三十代の半ばといったところだろう。背は低めだし、髪は生え際から心もとなくなりつつあり、顔立ちも今風のイケメンとは言い難いが、決して不潔感はなく、全部のボタンをかっちり留めたダブルスーツの仕立ても悪くない。幾何学模様にも見える細かな動物柄の散ったスカイブルーのネクタイは、有名なブランドのものとひと目でわかった。しかし、日曜なのにこの格好ということは、休日出勤だったたか、もしくは……お見合いの帰りか。

そんなことより何より、一番の気がかりは、その生気のないうつろなまなざしだ。たとえば気分がすぐれないのであれば、入会どうの以前に、すばやく適切な処置が必要になる。

どうしようか。私は迷った。心配は心配だが、体調不良と決めつけて出会い頭に「大丈夫ですか」などと尋ねるのも失礼になる。わずかな逡巡《しゅんじゅん》のあと、まずはいつもどおりの対応をとることに決め、私はパンフレットをカウンターに並べてみせた。

「ご新規で入会をお考えの方ですか？　少々お時間いただきますが、当〝ファビュラス・マリッジ〟について簡単にご説明させていただきたく……」

「ごたくはいいです」

ぴしゃりと言葉を遮《さえぎ》られ、私は目をしばたたいた。

自分からやってきておいて、ごたくはいいとはこれいかに。とは思いつつ、気に障《さわ》る言い回しでもしてしまったのかもしれない。いやいや、それにしたって特にたいしたことは言っていないような……？　では、視線がぶしつけだった？

己《おのれ》の言動について、自戒を込めて脳内反芻《はんすう》しつつ、「大変失礼いたしました」と頭を下げる私に、彼は、体じゅうの酸素を集めて口から絞り出すような長く重いため息をつき、どかりと椅子《いす》に腰を下ろした。

そのまま己の頭髪に両手を突っ込んでうなだれる彼に、「あの……？」と私は戸惑う。

「……長ったらしい前口上なんかなくても、どうせボクは、ここに登録しますから」

彼は、蚊《か》の鳴くような声でぼそぼそ呟《つぶや》いた。ひどくすてばちな口調だった。

「金に糸目はつけません。……何も訊《き》かずに、とりあえず、一番いいコースに登録してください……」

最後にそう告げると、彼はそのままカウンターに突っ伏してしまった。

とりあえず、体調が悪いわけではなさそうでよかった。

それにしても、「お金に糸目はつけません」って、人生で一度は言ってみたい台詞ではあるが、実際に聞くのは初めてだ。とはいえ、本当に何も訊かないわけにはいかないので、私は用意してしまったパンフレットを脇にずらし、「では、まずはこちらにご記入ください」と入会申し込みの用紙を差し出した。ボールペンもキャップをとって添える。

しかし彼はピクリとも動かない。この様子だと、各コースの説明は後回しにしたほうがいいだろう。通常ならば、もっと落ち着いて話せる個別のテーブル席にご案内して詳しいご相談に乗るのだが、明らかに意気消沈している相手に立って移動してくださいとは言いづらい。他にお客さまがいないのは幸いだった。

「ええと、……ゆっくりで構いませんので。コーヒーお淹《い》れして参りますね」

ドリンクサーバーからホットコーヒーを注いだ紙コップをカウンターに置くと、男性はのそのそと身を起こした。コーヒーには手をつけず、かわりに億劫《おっくう》そうにペンを取って、カリカリと必要事項を用紙に記していく。刻む、と言ったほうが正しそうな力の込めようだ。

書き上がったそれによれば、彼のお名前は、藤原隆弘《ふじわらたかひろ》とおっしゃるらしい。

年齢は三十五歳。未婚なのは当然のことながら、既婚歴もなし。

お仕事は、なかなか名の通った商社におつとめだった。年収は五百万……という文字を書き込む時に若干《じゃっかん》ペンが迷ったので、状況によって上下があるのかもしれない。黙りこくったまま記入を続ける手元を見ながら、ふむ、と私は眉根を寄せる。

わけありなのは見ればわかる。そして、口では「何も訊くな」と言いながら、異様な筆圧の強さで書類に文字を刻んでいくそのさまは、いかにも「さあ早くなんでも訊いてください」と言わんばかりだったのだ。

どうすべきか。またしても判断に迷いつつ、ひとまず事務的な内容をうかがってみる。

「お取り込み中、申し訳ございません。のちほど、免許証やパスポートなどの公的な身分証明と、お勤め先の社員証のコピーをとらせていただいてもよろしいですか?」

「はあ……。ちょっと待って。免許証と社員証と、ですね。あと、他に何か必要なものってあります?」

「すぐに必要なのは以上です。捺印《なついん》の欄はサインでも結構ですので。後日必要になるものにつきましては、詳しくはパンフレットのこちらに。早めにご準備いただきたいのは、独身証明書ですね」

「独身証明書？　そんなんあるの？」

ジャケットのポケットをまさぐって定期入れから社員証を出していた藤原さまは、そこでやっとこちらを見て眉を上げた。

「はい。読んで字のごとく、ご自身が独身であることを証明する公的書類です。役所で発行してもらえますよ。そうですね、たしかにご存じの方のほうが少ないですね」

「へえ、初耳だ。そりゃ婚活でもしてないと、まず使わないもんな」

「あとは会社の独身寮に入るのに使うケースも聞きますが、……なんにせよ、初めて名称を聞いた時に、皆さまよく驚かれます」

「うん。びっくりはした」

気分がほぐれてきたのか、くだけた口調になってきた藤原さまは、表情もわずかに明るくなりつつある。とげとげしい空気が薄れたことにほっとする私に、彼は、ぽつぽつとここを訪れた経緯を語り始めた。

「ボク、さっきお見合いしてきたところだったんですよ。すぐそこのTホテルで」

「Tホテルですか。それは豪勢ですね」

そこは、誰もが一度は憧《あこが》れたことのある老舗《しにせ》のホテルだ。ラウンジで軽くお茶をするだけでも紙幣が数枚単位で飛んでいく、高級ホテルの代名詞でもある。結婚相手を見つける機会がないと思って……」

「ええ。一世一代というか、……もうこれを逃すと、結婚相手を見つける機会がないと思って……」


また長いため息をつくと、彼は不意に話の向きを、己の過去についてに変えた。

「ボクねえ、これでも学生時代から五年間も付き合った彼女がいたんですよ。卒業間近に付き合いだしたし、彼女の就職先が地方だったしで、近くにいられたのはほんの一年足らずで、すぐに遠距離になったけど。でもたしかに続いてたんですよ。ボクとしては。結婚も視野に入れてたし」

「……はい」

「もともと割と田舎っぽい感じの子だったんだけど、ボクと付き合いだしてからオシャレして化粧とかも始めて、グンと可愛くなってね。これはもうボクが可愛くしたようなもんですよね。フフッ、あの子……今どうしてるのかなあ……」


結果として彼は今、結婚相談所にいるので、この話がバッドエンドを迎えるのは確定している。ゆえにどうとも相槌《あいづち》が打てず、とりあえず笑顔であいまいに頷《うなず》くしかない私の前で、彼は懐かしむような遠いまなざしを宙に注いだ。

「でもなんか、彼女と続いてると思ってたのはボクだけだったみたいで。あっちのほうは、いつの間にか新しい彼氏ができててねえ。どういうことだって食い下がったら、トドメ刺すみたいにバッサリ振られたんですけど。その時の捨て台詞、『えっ、わたしたち付き合ってたの？』ですよ。どう思います？」

うっ。……それは、なんと申し上げればいいか。

お疲れ様でしたやご愁傷《しゅうしょう》様ですとは、まかり間違っても言ってはいけない気がする。

「あと、『あなたとは遠距離だったから我慢できたけど、ぶっちゃけ近くにいたら耐えられなかった。結婚とか、無理じゃん？』っていうオマケもいただきました。『じゃん？』ってボク本人に言われてもって感じですよね。それも、……もうだいぶ前の話なんですけどね」

「そ、そう、でしたか……」

いよいよ反応に困り、私はしどろもどろに返した。

そこから今日のお見合いにどう繋がるのかと思えば、――元カノに受けた仕打ちは彼の心に深い傷を刻み、そこから俄然《がぜん》、「幸せな結婚をしてあいつを見返してやる」という意欲に火をつけたのだという。ポジティブで大変結構なことと存じます。

「ボク、友人……といえるのは男ばっかりで、それも女の子の伝手《つて》があるようなやつは少ないので、女性の同僚に紹介を頼んだりとかして。街コンや婚活パーティーも、……なんでもやりました。ボルダリングで結婚相手を見つけようってスポーツイベントにも参加しましたが、みんなガチめの人ばっかりで、運動神経皆無のボクは、ただただイボつきの壁から滑り落ちては尻を強打し恥をかいただけでした」

それはきっと、選ぶイベントを徹底的に間違えているのでは……。とは思うものの、やはり口を挟むことはできそうにない。

「いろんなところで、彼女欲しいです結婚したいですと言いまくって活動しまくって失敗するうち、あまり実りある話も来なくなってきて。でもそんな中、ボクが趣味で入っている短歌サークルで、仲間のおばあちゃんの一人が、よかったら見合いを世話してくれると」

「短歌サークル」

「ええ。たまに俳句も。そこじゃボクが最年少で、上は際限ないというか、元号四つまたいで生きてるおじいちゃんとかですね。来なくなった仲間がいると、いよいよあちらに召されたのかと毎度心配になるくらいで……そんなことはどうでもいいんです」

最後のは笑うところだったのかもしれない。あとで気づいた。

たしかに彼の申込書の趣味欄には「短歌、俳句。読書、音楽鑑賞。古都散策や神社仏閣《ぶっかく》めぐり」とある。渋いですね、というコメントもしていいものか。とっさには「それは、……みやびですね」と毒にも薬にもならない感想しか出なかった。

「願ってもないチャンスに、ボクは、今度こそと喜びました。どんな子がいいかと訊かれたので、『可愛くて年下で優しい子がいいです』と素直に言ったら、そのおばあちゃんにいきなり『顔なんて一緒に暮らしていれば慣れるのに、贅沢《ぜいたく》言うな』とかって説教されて、近くで聞いていた他のおばあちゃんたちまで参戦して、数名がかりで袋叩きに遭《あ》って」

「……」

「まあその時点でいやな予感はしていたんですが。でも、さっきも言ったけどチャンスがね。最後じゃないですか。これを逃したらボクはもう、あとがない。残玉ゼロです。一生結婚できないかもしれないと。そこで今日ですよ、手土産《てみやげ》の菓子折りまで持って、覚悟を決めて戦場に向かったんです」

「ええと、そ、それで……」

「いざ会ったら、いちおう年下ではあったけれど、可愛くも優しくもありませんでした。それどころか、お相手の女性はおばあちゃんの遠縁の親戚の子で、今日がお見合いだとも聞かされていなかったらしくて、服なんてダメージジドのジーパンによれたネルシャツ姿でした。繰り返すけど場所、Tホテルですよ」

「……それは……」

「気まずい中、当のおばあちゃん同席でお見合いは進みましたが、ぶっちゃけ、おばあちゃんとその子が談笑するのを完全に蚊帳《かや》の外で眺めてるだけで終わったというか。向こうさんはたぶん、ボクの名前も覚えてないんじゃないかな。飲み食いのお金はボク持ちだったけど。菓子折り代もか」

かくして彼は悲嘆に暮れたという。

自分は決して、己の力で結婚相手を見つけることなどできないのだと。

「そう思ったら、ボクはもう目の前が真っ暗になって。ふらふら帰路につくはずが、気づいた時にはこのカウンターの前に立っていたというわけです……」

「……」

私は黙った。

ここまで聞いて、ちょっとさすがに気の毒すぎて言葉もない。張りきってめかしこんでTホテルに行ったら壮絶な肩すかしを喰《く》らった光景を想像すると、いやはや。

それにしても藤原さま、ちょくちょく言葉選びに引っかかるところはあれど、なんだか純朴《じゅんぼく》でよさそうな方なのに。よほど運と縁の巡り合わせに恵まれなかったらしい。

しかし、困り果てた先に当相談所をお選びいただいたのは光栄だ。婚活の支援を承《うけたまわ》るからには、幸せになっていただくために全力を尽くさねば――と私が心ひそかに奮起しているところで、少し間を空けて、彼は言い放った。

「正直ボクは、結婚相談所っていうのは、自力でまともに恋愛できないやつのセーフティーネットだと思っています。だから本当は来たくなかった」

えっ。

「でも、このまま一生独り身なのかと思ったら、もう居ても立ってもいられず、足が勝手にここに向かっていたんですよ！」

断じて同意はできないので口をつぐむ私に構わず、彼は続けた。

「けど結婚って、ほら、寿命《じゅみょう》あるじゃないですか。それでいくとボクはもう三十五歳。統計上、男性の結婚寿命ギリギリです。つまり瀕死《ひんし》なんです。この際、相手は問いません。自分でやれることは、今日をもって万策尽きました。ボクにはもう、恥をしのんで相談所に登録するしか手段はない。正直、ここで登録したら自分はおしまいだと思っていたんですが、結婚年齢的な死を前に、なりふり構ってられるかという気になりました」

一息に言いきった彼の長口上を黙って聞いていた私は、うん、とひとつ頷いてまっすぐ彼の顔を見つめた。

「――アホか」

そして、即答させていただいた。

「なにがセーフティーネットですか、とんだ馬鹿《ば》野郎《か》ですねあなた。結婚相談所はあくまで〝結婚〟というライフステージを選択したい人の、相手を見つける手段のひとつですよ！　その中にお見合いの人も知人の紹介の人も、学生時代からの持ち越しの人も社内婚の人も、遅刻寸前の朝に食パンくわえて曲がり角でぶつかった人と運命の恋に落ちて結婚に至る人もいるってだけですし！　無意識に誰かを見下して生きる、そういうあんたの腐《くさ》れた性根を相手も見抜いてるから、ろくなご縁に恵まれなかったんでしょうが!!」

――と。

口に出して言えたら、どれだけスッキリするだろうか。

しかし、そんな本心、もちろん告げるわけにはいかない。新人の頃の過《あやま》ちは繰り返さないと決めている。

以上の台詞すべてを笑顔の下にねじ込んで隠し、実際の私はといえば、三年間の集大成として出した最適解を、いつもどおり使うことにした。

要するに、目の前の疲れきった男性を労《いたわ》るのを、何よりも優先させたのである。

「いろいろ大変なことがおありだったんですね。でも、ご記入いただいた情報を拝見するに、藤原さまはとても条件がいいです。だから、きっとすぐ、素敵なお相手が見つかりますよ」

＊

「最初に相談に乗ってもらったのが樋口さんだったので、樋口さんにアドバイザーもお願いしたいんですが」

我が社では、ご入会いただいた顧客すべてに、二人三脚のごとく諸々のサポートをする仲人が一人ずつつく。それをアドバイザーと呼ぶが、説明を受けた藤原さまからは、直々《じきじき》に私をご指名いただいた。

お気持ちはありがたいが、どうしようかな、と一瞬迷う。

「藤原さま。アドバイザーは、基本的には同性がなる場合が多いのですが、わたくしで大丈夫でしょうか。性別が違うと相談しにくいこともいろいろと出てくるもので……」

「へ？　そうなの？　でもまあ、そういう時がきたら、男のアドバイザーさんを別途呼んでもらえばと。だから、やっぱり樋口さんでいいですよ」

「はあ……」

そこまで言われては断るべくもない。それって単なる二度手間ではないだろうか、とか、「樋口さんが」じゃなくて「樋口さんで」いいなら、むしろセオリーどおりにしていただければ助かるのだけど、とか、雑念が去来したが、まとめて頭から追い出す。「男性のお客さまのアドバイザーには不慣れですが、精一杯頑張ります」と受諾の旨《むね》を伝えれば、彼は気をよくしたのか、重ねてあれこれと質問してきた。

「樋口さんって年齢いくつですか？」

「今、二十五です」

「そうかぁ、ボクよりかなり年下なんですねえ。休日も受付にいたし、彼氏いなさそう」

「……はい。まあ。今のところは……」

「やっぱりー？　なんか男慣れもしてなさそうですよね。いたこと自体はあります？」

「……」

　ずいぶん立ち入ったことまで尋ねられ、ちょっとさすがに答えに窮する。

　正直なところ、私は、お客さまに自分のプライベートな事情を伝えるのがあまり好きではなかった。というのも、キャスト個々人の話なんて、ゲストにすれば単なるノイズでしかないからだ。安心して婚活に臨《のぞ》んでいただくため、こちらは黒子に徹したいのである。

　加えて先述のとおり、自らの恋愛経験不足に引け目もある。思い返せばいちおう、高校時代にそれらしい相手がいなくもなかったが、手を繋ぐだの二人で登下校するだの、年齢に即したおままごとのようなお付き合いだった。卒業後には自然消滅したし、果たしてあれを彼氏と呼んでいいものやら。

　とっさに視線を泳がせる私に何を邪推したものか、藤原さまはじろじろとこちらの顔を眺めると、「……ふーん？　そういうことなら、これからよろしくね！」と妙に声を弾ませた。そういうことなら、ってどういうことだ。

　かくして滑りだした藤原さまの婚活だが、――彼の場合、幸いにして、可視化できる客観的な条件は決して悪くなかった。

　生々しくて恐縮だが、婚活において一般的に、男性は年収、女性は若さが武器になるのは有名な話だ。ついでに都市部においては、男性の年収は六百万から上を望む女性も多い。これは、専業主婦として養ってもらえるギリギリの額と推測される。

　年収五百万の藤原さまは、その六百万には惜しくも届かないが、年齢的にも今後の昇給が見込めるし、イケメン……でこそないが、真面目そうで優しげな見た目も好ポイントだったようだ。釣り書きデータ登録用の写真に、きちんとプロに撮影してもらったものを使ったことも功を奏したのかもしれない。

　果たして、登録直後から、彼にはお見合い――社内ではペアリングとも呼んでいる――の申し込みが入れ食い状態だった。

「樋口さんすごいです。ボクの条件に合う女性のデータが、今日だけで四十件も！　うち七件も、向こうから一斉にお見合いの申し込みがあって」

弊社が通勤途中にあるらしく、藤原さまは割と気軽に相談に受付を訪れた。そして、登録したデータの開示日には、興奮気味にまくしたてた。

「これはすごい。こんなの、絶対に誰でも結婚できるじゃないですか。なんてことだ。ボクはどうして、こんな素晴らしいシステムを今まで利用してこなかったんでしょう!」

そりゃあなた、相談所は恋のセーフティーネットだからじゃなかったですっけ。

私は声に出さず突っ込み、実際は笑顔で黙するにとどめた。が、こちらの生ぬるいまなざしなどおかまいなしに、藤原さまはなおも続ける。

「とりあえず、この申し込んできたラビットたちに順繰りに会っていきたいんですが、予定の調整とかって、そちらでしてくれるんですっけ?」

「……ラビット」

真顔で復唱した私に、彼は照れ笑いした。

「あ、すみません。切り株に腰かけているだけで、勝手にウサギがぶつかってくるんで。個人的に、彼女たちをラビットって呼んでるんです」

ラビット。はい。うん。そうか、……ラビットか。

落ち着こう。せめてバニーじゃないだけましだ、と私は静かに自己暗示をかける。

「あっ、ボクの個別ページってそこのパソコンで出せます？」

「……お任せください」

「そうそう、お見合い申し込みたいんだけど、この子とこの子がいいです。こっちのラビットはちょっと、顔があんまりで」

顔が、あんまりで。さようで。

「あと。この写真とか、パッと見可愛いけど、むちゃくちゃ光当てて修正して顔ごまかしてますよね。こっちも化粧が濃くて。歳《とし》も三十超えてるし……会った時にがっかりしそうなんで、そういうのはいいや」

そういうのはいいや。はあ、……さようで。

そんな藤原さまは、お顔がメークインに似ておいでですよね。いえいえ、ヨーロッパの豊穣《ほうじょう》の女神ではなく、ジャガイモのほうですよ。昨日食べたカレーではお世話になりました。と、心の底から皮肉を言いたくなるが、もちろん言えるわけがない。

妙に楽しそうに指定する彼は、もはや口笛でも吹きそうな勢いだ。

「いやあ、この歳でモテ期がくるなんて、ホント結婚相談所さまさまですよ！」

だが、その発言には、さすがに物申したいところがあり、お見合いの申し込みを完了するマウス操作の手が止まった。

「待って。それモテ期じゃないから」

いやまあ、一日に何十件も自分に適した女性とのペアリングのデータが出て、なおかつ何件も自分めがけて申し込みがあったら、モテているのだと勘違いするのも無理はないけれど。残念ながら、違います。

「藤原さま。そこに表示されているのは、単に、同じ場所でさがしものをしている人間の数です。かつそれは、あなたご自身に好意を持つ人ではなく、興味を持つ人です。要するにあなた宛《あて》の申し込みとは、『どうもさがしているものが近そうだから』と、あなたに声をかけたにすぎません。それを、モテ期？　いやあ、ご冗談を。結婚可能な相手はイコール結婚相手ではないし、そもそも結婚と恋愛を別モノとし、あなたのことを恋愛相手だと捉えていないケースだって多々あります。そこのところご理解いただけますでしょうか？」

――と。

喉元《のど》までせり上がった長口上を、最初の一言も含め、私は必死に呑《の》み下した。ごきゅ、と音を立て、声は唾《つば》ごと喉奥に消える。

言いたいことは山ほどある。

でも、婚活を始めたばかりの彼のやる気を潰したくない。かといって、彼の心を鼓舞しながら、上手にいい方向に導けるような、適切な言い換えも見つからなかった。毒吐きサエちゃん、というかつてのあだ名が、脳裏をちらつく。

余計なことを言って、また会社に迷惑がかかってしまったら。結局、そんな臆病《おくびょう》な気持ちが勝《まさ》り、私は開けたり閉めたりを繰り返していた口をつぐむ。

「……かしこまりました」

ふと不安がよぎる。——これでいいのかな。よくは、ないんじゃないか。

今の自分の仕事ぶりは、本当に、お客さまに対して誠実なのかな。

どうにか雑念をカットしてクリックした申し込みボタンは、かちっと軽い音とともに、赤い『送信済み』のマークに変わっていた。

＊

ちなみに。

いろいろ相談所によって差はあるが、我が社のやり方としては、基本的にペアリングの調整は仲人を通じて行う。社屋の個室をお見合いの場に提供して仲人も立ち会い、「それではあとはお若い二人で」という風に、あとで外に出かけていただくスタイルだ。

かつ、私は藤原さまのアドバイザーなので、会社用のスマホで登録しているＳＮＳメッセージアプリのアドレスは、当初に交換してある。これも我が社の特徴だ。お客さまに何か困ったこと、相談事があれば、気軽に相談に乗れるようにという方針のためだった。

そして藤原さまは、入会そうそう、非常に活発にペアリングを申し込んだし、受けてもいた。おそらく、週末には常に三名以上と会っていたはずだ。実に模範的な婚活生だった。ひと月も経たないうちに、十名近くとお見合いをしたのではないだろうか。

ある時、オフィスで雑務を片付けていると、デスクに置いていた社用スマホが、ぽんと軽くメッセージ受信の音を立てた。ロックを解除すると、藤原さまからだ。

『あの、樋口さん。メッセージのやりとりする時に、〝私は〟の〝は〟を、〝ゎ〟って小さく書いてくる人を、どう思いますか。その人二十八歳なんですけど』

「……」

『もっと気になるのが、文末に小さい〝ょ〟って付けることですね。っていうか、あいうえお、とか、やゆよ、とか、小文字にできるところはすべて小文字です』

なんとも返しあぐね、画面を見つめたまま私が固まっていると、下にもうひとつメッセージが追加される。

『ここで仮に彼女のことを、ゎラビットと呼ぶことにします』

「ゎラビット」

思わず声が出た。

いや発音が合っていたか自信はないけれど。いきなり謎の単語を発した私に、近くにいた同僚が「なんぞ」という怪訝《けげん》な目を向けてきたので、慌てて半笑いで「なんでも」と誤《ご》魔化《まか》す。

もちろん、彼がお見合いをした相手はこちらで把握《はあく》している。先週末にペアリングした女性の一人だろう。その中のどなたかまではわからないけれど。

でも。――えっ、どうしようか、これ。

たしかに、価値観が合うか合わないかのヒントが、言葉づかいや生活習慣など細かなところにこそ潜《ひそ》んでいるのは、婚活において着目すべきポイントではある。でも、なんというか。藤原さまの場合は、そう、本当、なんというか、としか……。

一瞬迷ったが、私は眉間《みけん》を押さえつつ、あえて生来の毒を少しだけ込めたメッセージを返すことにした。

『しばらく会話してから結論を出されても、遅くゎないと思ぃますょ』

『ゎぁぉ！　そぅですょ。そんな感じですょ！』

だめだ。皮肉、通じなかった……。

我ながら不届きなことをした手前、ご自身で解毒していただけてよかったと考えるべきか。つい人差し指が眉間にめり込む。

『それじゃ、もぅしばらく考えてから早めに決めますょ！　なにせボクにゎ時間がなぃものですから！』

それほとんど結論決まってるんじゃないですか、と内心感じつつ、私は『好きにしやがれ』と反射で打ちかけたメッセージを脳内削除して『ぜひ心残りのないようになさってください』と幾重《いくえ》にもオブラートに包んだ返信を送った。

＊

かくして藤原さまのもとには、次々とペアリングの相手――彼曰《いわ》くの〝ラビット〟が去来した。そして、仮初《かりそ》めのモテ期に心が浮き立った彼は、その女性たちひとりひとりに、〝ほにゃららラビット〟とあだ名をつけて分類を行った。

自分よりも年収の高い女性は〝ヒモ当確ラビット〟。

デート中、今までの婚活のあれこれを赤裸々《せきらら》に語った女性は〝あけすけラビット〟。

婚活歴が長く、ガツガツ攻めてくる女性とペアリングした時など、「困りましたよ。いきなり次のデートで両親に会えって言われて……食われるかと思った」とほのかに頰《ほお》を染めて報告し、彼女を〝肉食ラビット〟と呼んでいた。部屋が散らかっているというテーマでお互いに盛り上がったという女性は〝汚部屋《おべや》ラビット〟である。お互いにということは、自分の部屋も汚いんだろうが！　と私が腹の底で叫んだのは言うまでもない。

それから、料理好きの女性につけた冠もひどかった。

「結婚したら、きっと毎日手作りの愛妻弁当をつくってくれそうな気がするから、彼女はさしずめ〝弁当ラビット〟かな？　でもなぁ、ボクは正直、手料理ってあんまり魅力感じないんですよね。ナニ入ってるかわからないし。母親の作ったの以外、気持ち悪くて食べられたものじゃなくて。けど、結婚したらそうも言ってられないかぁ……」

「よし滅べ」

と、――心中でのみ即答したあと、実際には、私は黙った。

いかに毒吐きサエちゃんといえど、ここまでくると、さすがに何も言わずに看過はできない。気持ちよく婚活に臨んではほしいが、そもそも相手あっての結婚なのだ。仲人として、それだけは必ずご理解いただかねば。

「失礼ながら……結婚後の家事の役割分担は、交際に進んでからでも、しっかりお話しされたほうがいいと思います。認識の相違は、少ないに越したことはないですから」

言葉選びにはかなり迷ったが、それでも藤原さまは不満を覚えたらしい。

「ええっ？　分担も何も、家事は普通、女性がするものでしょう」

「……すみません、藤原さまはたしか、結婚後の条件について、お相手の方にも可能ならば仕事を続けてほしいと希望されていたような……」

「そりゃあまあ。奥さんも経済的に自立してないと不安だし、家庭ばっかり見ていて世間と切り離された人となんて、話が合わなくなったら嫌だし。そう思いません？」

「……」

藤原さまの台詞を聞きながら、私は苦いものを口に突っ込まれたような、なんともいえない気持ちを味わっていた。

なにせ彼はもう、二十人ほどとペアリングを行っている。

我が社の場合、交際成立まで、基本的には三度のデートを経《へ》る場合が多い。一度目で出会い、二度目は相手への理解を深め、三度目で見極める。そこから成婚へは、数カ月ほどで至るのがほとんどだ。

ついでに、割と全国区で、相談所での婚活というものは、最初の三カ月が肝《きも》だとされている。このセオリーに、我が社も例に漏《も》れず当てはまる。なぜなら、実は何十件と出てくるご紹介相手の釣り書きデータは、まったく無作為に抽出されているわけではなく、アドバイザーがある程度手を加えているからだ。

理由は簡単。いろいろな意味で、ファーストインプレッションは大切だから。

仲人としてもユーザーの信頼を得るため、「これぞ」という方を見立ててオススメしたい。ごく稀《まれ》に、「最初のご紹介は一人だけでも、十人近くをご紹介したに等しい、とっておきの価値がある」などと屁理屈をこねては、初回のお見合いだけ別途に法外な紹介料を徴収する悪徳業者もいるらしいが（もちろん我が社は違う）、なにせまあ、どこもそれくらいに力が入っているものなのだ。

ところが時間の経過とともに、当然といえば当然のなりゆきではあるものの、「次こそは」と力いっぱいお勧めできるお相手の数は減ってくる。逆に、婚活を続けるユーザー自身は目が肥《こ》えてきて、「もう少し上を狙えるんじゃないか？」と思い始める。ここで理想と現実、需要と供給が乖離《かいり》する。取り返しがつかなくなる前に、冷静に自分と見つめ合い、求める条件は最小限に絞り、早めの決着を。それが基本のメソッドだ。

なお、藤原さまの場合、ペアリング後、二度目のデートに進んだ方はほぼおらず、三度目の戦果はゼロ。求める条件の割に、女性慣れしていないデートでの対応などが裏目に出て、なかなか思うように交際に至らない。

個別アドバイザー担当の仲人として、この点についても、そろそろはっきり苦言を呈《てい》したいところである。どう切りだしたものかと迷いつつ、いよいよ私は、少し強めに意見を伝えることにしてみた。

「その、藤原さま、……お会いになる前に、あまりに条件を絞ってしまわれるのは、もったいない気がいたします」

「ええっ⁉　ボクは絞ってませんよ？」

ところが、彼は私に、さも心外そうに目を瞠《みは》ってみせた。

「前にも言いましたけど、ボクとしては、本当にどなたでもウェルカムなんですよ。ボクなんかと結婚してくれるっていうなら、喜んで誰とでも会うつもりです」

「……」

嘘をつくでない。

家事をすべてこなしてくれた上で経済的にも自立していないとダメだと告げた、その舌の根の乾かぬうちのお言葉に、さすがに私もいったん口を閉じた。

どうしよう。本当に、「嘘をつくでない」以外の何も浮かばない。だが、それでは単なる毒だ。頭が処理落ちした私は、しどろもどろになった。

「藤原さま。失礼ながら……お相手あっての結婚、婚活です。ですから、その……」

「は？　そんなことわかってますって。ひょっとして樋口さんの目には、ボクがそんな独りよがりで包容力のない人間に映ってるんですか？　悲しいなあ。ボクは樋口さんに担当してもらえてよかったと思ってるのに！」

どうにか言い換えを考えているうちに、地雷を踏みそうになってしまう。というか、そこまで言ってない……よね？

「……そんなことはございません。担当にお選びいただけたのは光栄です」

ああ。このままじゃいけないのに。

私は結局、曖昧《あいまい》に笑って、また言葉を呑んでしまうのだ。

＊

「あーダメだ、あのお客さま……早くなんとかしないと……」

「アハハ冴、どうどう。言うてそんなん、いつものことやんか！」

その日の夕方。休みの前日だからと寄った居酒屋の個室で頭を抱える私を、突発ヤケ呑みに付き合ってくれた同僚は、軽く笑い飛ばした。

「冴はマジメやなあ。最初は『自力での婚活を諦めた恋の負け組』みたいな自己認識で失意の底におったお客さまが、ちゃんと相手してくれる人がおるとわかるや否《いな》や見境なくしてって、最終的に目的すら見失ってくのなんて、今までも延々と付きおうてきたパターンやんか。おんなじようなん、あたしもう百万回見たわ」

彼女の関西弁トークは、いつもすっきり明快で心地よい。からあげの三つ目に手を伸ばしながら、同僚はころころと笑った。

「智香《ちか》ちゃんはドライだなあ……まあ、そのとおりなんだけど！」

同僚仲人の高槻《たかつき》智香ちゃんは、私の一年先輩で、互いに新卒入社ということもあり、とても仲がいい。修士院卒の彼女は少し年齢が上になるけれど、「気ィ使うんナシやで！」と幾度も言われるうちに敬語も取れてしまい、今や姉妹のような関係だった。

二杯めのビールを勢いよくあおる智香ちゃんは、きっぷのいい性格に明るく染めた茶髪やスレンダーな容姿も相まって、頼れるアネゴそのもので、女性のお客さま方からアドバイザーとして絶大な人気を得ている。実際、周りに目が行き届いてよく気のつく彼女は、藤原さまの進捗《しんちょく》に手を焼いている私の眉間に、日に日に皺《しわ》が追加されていくのを見かねて、「冴、いい店見つけたんやけど、今夜どない？」と誘ってくれたのだ。

個人情報を扱う以上、仕事上の愚痴《ぐち》を言い合える相手は限られてくる。こうして気兼ねなく話せる友人ができたことも、この仕事に就けてよかった、と思える要素のひとつだ。

お酒が進んだせいもあって「冴、眉毛ハの字なっとるで」とけらけら笑う智香ちゃんを睨《にら》み、ぷちぷちと枝豆をさやから押し出しながら、私は口を尖《とが》らせた。

「……そりゃまあ、似たような件は、私だってたくさん見てきたけどさあ」

ついでに婚活継続中のまま塩漬けになって、さらには数年もののビンテージ案件になっているお客さまもいる。それはそれは、めいっぱい、いる。むしろ我が社はまだ少ないほうだ。大手になるほど、その数は多い。

「でもさあ、偶然かもしれないけど、数ある相談所の中から、うちを選んでくれたわけでしょ。その限りは、やっぱりいい人見つけて幸せになってほしいわけじゃん……」

「そら、あたしも一緒やけどさ。それにしたって冴は、ちょっとそのお客さまに脳内リソース割きすぎっていうんかなあ。ちょいちょい離れて接してったほうがええんちゃう？　同僚として心配んなるわ」

お子様舌につき苦いお酒が飲めず、カシスミルクをちびちび舐《な》めながら呟く私に、智香ちゃんはビールのジョッキをテーブルに置いて、おもむろに神妙な顔になった。

「うーん……智香ちゃんの言うこともわかるけど……藤原さま、差し入れをくださったり、悪い方じゃないのもあったりで……」

もそもそと歯切れの悪い私に、とたんに智香ちゃんは半眼になった。

「差し入れって、まさか……こないだ、あんたにってことづけられた、コンビニ駄菓子詰め合わせのこと言うとるんちゃうやろな？　しかも、熱で溶けかけたチョコとかの」

「え、うん、まあ……」

「それとも、『暑くなってきたから便利かと思って』なんて渡されとった、百均のハンカチか？　いや、どっちにしたって微妙すぎるチョイスやろ。ってか、要らんやろ普通に」

「わ、悪気はないんだよ。というか、むしろ親切のつもりだと思うし」

しかし、「ひょっとして藤原さま、お見合いやデートでも、こういう贈り物をしているのでは……？」と一抹《いちまつ》の不安がよぎった私は、買い続けているファッション誌をスクラップした『女性の喜びそうな一般的プレゼント特集』を自作し、参考資料にと渡してみた。

比較的プチプラで済むブランド物のアクセサリーやコスメ、可愛い洋菓子詰め合わせなどの写真で溢《あふ》れる記事にさっと視線を走らせた彼には、「なるほど！　樋口さんはこういうものがお好きなんですね！」と、「違う！」と声を大にして突っ込みたくなる返事をいただいたが、「情報の使い道に困れば、また尋ねてください……」と念を押すにとどめてある。

「あんたな……そういうとこやで？　あのお客さん、見るからに手慣れてへんし。冴、まさか変な誤解を招いてへんやろな……？」

「な、ないない！　やめてよおかしなこと言うの」

顔をしかめた智香ちゃんに、とんでもない勘ぐりをされそうになって、私はつい話題を逸《そ》らして誤魔化してしまう。

「そんなことよりさ、智香ちゃんは田所《たどころ》さんとはどうなの？　彼、この間仕事を急に変えるとかって、大騒ぎだったじゃない。今日、すごく訊きたかったんだよ」

「ああ、それなあ……」

　智香ちゃんの彼氏——割と年上だが彼女と同郷で、田所さんというお名前らしい——は、ながらく最大手の食品メーカーに勤めていた。しかし、数年前から厄介な上司のお世話係のような部署に異動させられてしまったとかで、ずいぶん苦労があったと聞いている。そこを先日、一念発起してついに転職に成功した、と。

「いちおう、新しいトコではちゃんと楽しそうに仕事できとるみたいやわ。給料もなんぼか下がったけど、すぐ昇進話がきて元に戻りそうらしいし」

「よかった！　そっか、一安心だね！」

　私は思わず胸を撫《な》で下ろす。智香ちゃんと彼とは話を聞くだけでも仲がよく、新しい仕事が落ち着いたなら、きっと嬉しい報告まで間がないに違いない。わくわくと目を輝かせる私とは違い、一方の智香ちゃんは、どことなく複雑そうな表情になった。

「せやな、うん……それはええねんけど」

「どうしたの？」

「いや、前の仕事辞める時にな、あいつ、ちょっと変な目に遭《お》うたらしいねん」

「田所さんが？　変な目に遭った……って？」

「いや、それがなぁ……。いちおう聞いたは聞いたんやけど、なんやオカルトすぎて、あたしも半信半疑っちゅうかなあ……」

「オカルト……？」

「……ごめん。話してええんかもわからんから、この件はまた今度にさしたって」

「え？　……ええと、もちろん……？」

智香ちゃんの口調が、急に暗く沈む。そのまま彼女は、微妙に重くなった空気ごと呑みこむように、泡のすっかり消えたビールを口に含んだ。どことなくうそ寒いものを感じた私は、「そ、そっか」と同意して、自分も氷の溶けたカシスミルクを一口飲む。

そこからぽつぽつと別の話題を出しては盛り上がり、そろそろお開きになろうかという頃、智香ちゃんはふとこんな忠告をくれた。

「あんな、冴。とりあえずコレだけ言わしてな。あんたが、お客さまみんなが気持ちよう婚活できるようにって、誠意持って仕事しとるんは、めっちゃ大事なことやと思う。けど、相手も同じように、あんたに誠意を返してくれるとは限らへんねんで」

誠意……か。どうかなあ。

私は一瞬、返事に詰まってしまう。

藤原さまに、実りあるアドバイスを、ちゃんとできているだろうか。どうしても毒のある言葉ばかり、内心で吐き出してしまう。「それを本人に言ってモチベーションを下げるよりは」と諦め、みんな呑みこんでしまうのは、誠意ある対応なのか……？

「……そだね、ありがと智香ちゃん」

彼女は、私を買いかぶってくれている。でも、その評価は、一人の仲人として純粋に嬉しい。私はその言葉を、「頑張らなきゃ」と自らを激励するカンフル剤として受け取った。

＊

七月になった。

本来は、夏――のはずだが、今年の気候は少し妙で、なぜか五月の末から真夏なみの酷《こく》暑《しょ》となり、遅きにすぎる梅雨が、「そういえば雨降らせなきゃいけないんだっけ」と思い出したようにのろのろと重い腰を上げたところである。例年ならば今頃には見え始めるはずの真っ青な夏空も、連日陰気な灰色の雲に覆《おお》い隠されたままだ。そのくせ気温ばかりは一人前にじめじめと蒸し暑い。

藤原さまがファビュラス・マリッジで婚活を開始してから、そろそろ、運命の三カ月が過ぎ去ろうとしている。

「最初にここに来た時も思いましたけど。相談所の壁に、自分の登録データや写真をポスターにして張り出せるんですね。目立ちますよね、アレ」

いつものように会社帰りにカウンターを訪れ、お見合いの予定を詰めていかれる時、藤原さまはポツリとそんなことを呟いた。外は暑かったのだろう、彼はポケットから取り出した除菌ウェットティッシュで、こすり取るように顔の汗をぬぐっていた。

「あ、はい。別料金にはなってしまいますが、そうですね。ご興味おありですか？」

肯定ついでに何げなく尋ねてみる。だが、新しく取り出したウェットティッシュでなぜか私の出したアイスコーヒーの紙コップの縁をしきりにぬぐっていた彼は、顔をしかめると、すぐさま「いいえ、まさか！　ボクはしませんよ」と首を振った。

「だって、みっともないでしょ。こうはなりたくないですよねってことです」

「え？」

「いやァほら、あれみたいだなって。スーパーで、見切り品の生モノを割引したりするじゃないですか。赤とか黄色の派手な色で、激安半額！　とかってシール貼られてるやつ」

「……」

「つまりは自分で『私はもうそろそろ賞味期限切れですよ』って喧伝《けんでん》してるようなもんっ

てことでしょ。おっ、この女の人もバリバリ光を当てて写真の修正してるなァ。登録して一年も経ってるし、年齢も三十三じゃしょうがないかー……」

　私は黙った。

　もう、本当は、声に出してズバッと言ってやりたいことが、山のようにというか山脈が成せるほどあったが、やはり忍の一字でやり過ごした。噛みしめすぎて奥歯が砕けたら労災申請してやろうか。いや、しないけども。

「でも、前に比べたら、だいぶケージ補充の数が少なくなってきましたね」

　こちらの複雑な内心などいざ知らず、藤原さまはのんびりとスマホをいじりながら口を開いた。どうも、週末のスケジュールを確認しているらしい。

「ケージ補充、……でございますか?」

　聞き慣れない言葉をオウム返しにする私に、「ああ」と彼は笑った。

「新しいラビットのデータが追加されることを、ボクが個人的にそう呼んでるだけです。いっぱいいすぎて、もはや切り株ってレベルじゃないし。新顔のウサギさんがカゴに来ましたよ、ってね。まだ数はいるっちゃいるけど、だんだん見かけ倒しも増えてきたし」

　もはやこちらは脳内突っ込みの気力もない。なお、ここで「この人、反応に困ってるんだな」と察してくれる人であれば、彼はたぶん、とっくにどなたかと交際に進んでいることだろう。いよいよ危機感を覚えた私は、改めて軌道修正を試みる。

「藤原さま。……くりごとで申し訳ございませんが、お相手に求める条件を、やはり少し緩めてみては？　ご年齢は少し上を見るだけで、ぐんと出会いの幅が広がりますよ」

言葉、またキツくなりすぎてはいないだろうか。幾重にもぶあつい糖衣《とうい》に包んだつもりだが、そのこころは、「このままではまずいので、本格的に不良債権化する前に、その先入観で曇った目ん玉どうにかしろ」である。

なにせ彼は「若くて可愛くて、話が合って気立てがいい」などの自ら課した条件のせいで、自縄《じじよう》自縛《じばく》に陥っている。もはや呪いのごとく魂《たましい》に沈着しているそれらは、無意識だけに始末が悪い。

「えっ？　年上ですか？　嫌です」

だが、彼は即答した。早い。早すぎる。さすがに私はたじろぎ、つい食い下がった。

「ええと……どうしても？　比較的ご年齢が近い方でも、難しいでしょうか？」

「たとえば、喫煙は許せても年上は駄目ですね」

そんなにか。

嗜好品《しこう》などの生活習慣はなかなか変えられないので、それを条件に弾く人が出るのは、婚活においてままあることだ。特に喫煙者を敬遠する方は、男女ともに多い。しかしまさか、タバコよりも年齢をとるとは。それほどまでにか。

「年下希望って、そんなに変かなあ。けどたしかに、あれだけ定期的にケージ補充があるんだから、相手なんてすぐ見つかるかと思ったら、なかなかピッタリの人っていないもんですねえ。だってのに、食事でもなんでも、基本は男ばかりが奢《おご》るものじゃないですか。毎週毎週、財布の中身は確実に減ってくのに、実りはない。不毛ですよね」

そりゃ、そんだけ無自覚に選《え》り好みしてればな。

まあ、……本音を言えば、男性が奢って当然という文化は、たしかに私もどうかと思うし、気の毒だけれど。彼の言葉は、言語道断なものと、一概《いちがい》には否定できない内容とが入り混じっていて、叱咤《しった》すべきか同情すべきかその都度困る。

年上ダメ、可愛い子がいい、でも話してみたら教養がなくて退屈で無理。家事が不得意らしい。メッセージアプリでの言葉遣いが気に食わない。敬語がなってない。ピアスをあけている、髪を染めている。極めつけは、「この人と幸せな家庭が築けるのかわからない」。

お見合いが終わるたび、出会ったラビットたちに、彼はさまざまな批評を下した。それはまるで、家畜の品評会のようだった。

そして私も、彼の愚痴を聞きながら、心中で幾度も激しく突っ込みつつ、「そうですね」と表面上は当たり障りのない相槌を打つ。もちろん、「相手の女性が奢られ慣れすぎていて、食事のあと財布を出すそぶりがなかった」など、気持ちはわからないでもない話もあったが、そうではないものも多い。しかし、いかに言葉を選んでアドバイスしても、毎度毎度、藤原さまは耳あたりのいいことばかり聞き、都合の悪いことは聞こえていないのだ。

婚活を続けるうえで、相手の女性に対する彼の姿勢については、どうにかして改めていただくよう今後もアプローチを続ける必要がある。だが、活動そのものが滞《とどこお》ってしまえば元も子もない。仕方なく次の手を打つことにした私は、事前にプリントアウトしておいた、数枚の釣り書きデータを差し出した。

「さようでございましたか。……では、藤原さまのご指定の条件から絞った、こちらの方々はいかがでしょう」

彼の思い描くアレコレを全クリアしたお相手を、あらかじめ準備しておいたのだ。もちろんそのまま交際、成婚に進むに越したことはないが、文句なしに素敵な人に会えば、その驕《おご》りも少しは改まってくれないだろうか、というのも狙いのひとつだった。

「あっ、はい。ありがとう?」

頬づえをついてあくびをかみ殺していた藤原さまは、ぱっと顔を上げてデータの紙束を受け取る。無造作に繰りながら、例によってしばらく「顔がなー……」などと不穏なことを呟いていた彼だが、途中で不意に目を瞠った。

「ん？　……この人」

「いかがされました？」

「いや、写真の加工が少ないなーって。どことなく清楚《せいそ》な感じがしなくもないし。学歴そんなに高くないのと、ちょっと暗そうなのが気にかかるけど……」

彼が一枚抜き取ってカウンターに出してきたデータの名前欄には、『園田莉央《そのだりお》』とある。

それは、先日登録されたばかりの利用者様だった。短大卒、証券会社の一般職。猫を飼っている。趣味は旅行と写真、友達とのカフェめぐり。年収は二百万円。

アドバイザーは私ではないので直接お会いしたことはないが、写真で拝見する限り、黒髪ロングに童顔ナチュラルメイクの、愛らしくふんわりした雰囲気の持ち主である。年齢は二十七。担当の仲人と相談して、それぞれの出している条件にさほど相違がないことから、一度両者にペアリングをお勧めしてみる運びになったのだ。

彼の興味を引いたことで、自らの見立てに誤りがなかったことに内心ガッツポーズを決めつつ、私は前のめりに尋ねた。

「お会いになられますか？」

「そうですねぇ、……この週末は予定少ないし。じゃ、お願いしようかな」

「かしこまりました！」

彼は多少ためらったが、結局は話に乗ってくれた。

そして私は、素直に、うまくいけばいいなあと思った。

しかし、何げなく手配したこの出会いが、思いがけない波乱を呼ぼうとは、当時の私には予想もつかないことだった。

*

藤原さまが園田さまとお見合いをされたのは、その週の日曜日のことだ。

園田さまご本人を見ての私の第一印象は、「お写真よりずっと可愛らしい方だな」だ。ちらりと様子を窺《うかが》い見た藤原さまも、彼女の顔を凝視したまま固まっていたので、きっと似たような思いを抱いたのだろう。

仲人の退席後、彼らは一度目のデートに繰りだしていった。あとはもう、互いの健闘を祈るしかない。

——しかし。

『樋口さん！　ついにボクは運命の相手を見つけました。彼女こそ、ベストラビットです！』

月曜日、昼休みのきっかり一分前にかかってきた藤原さまの電話は、第一声からしてひどく興奮しきっていた。なぜこのタイミング……などと考えても仕方がないので、私は背後で財布を持ったまま「ランチどないする？」と視線で訴えてくる智香ちゃんに、ジェスチャーで「ごめん無理っぽい」と謝る。

「あの……彼女、というのは、園田さまのことでお間違いないですか？」

『ええそうです、他に誰がいるんですか？　彼女とボクが昨日会ったのは、樋口さんだって知ってますよね？　っていうか、最初は同席してたし』

そりゃあな、お見合い自体は存じ上げておりますが、ベストラビットかどうかまでは知らんがな。

突っ込みをやりすごすため私が少しの間沈黙したのを肯定と捉えたのか、さらに藤原さまは口早にまくしたてた。

『彼女は素晴らしい！　あんなに可愛らしい女性を、ボクは生まれて初めて見ました。いや、それだけじゃない。なんでも控えめで、清らかで、優しくて、声まで可憐《かれん》で……最高の、運命のラビットです。なんとしてもモノにしたいです！』

「それは、……おめでとうございます……？」

まだ付き合ってもいない時点で運命も何もないでしょうがと正論も言えず、変に言葉を濁《にご》す私に気づかないで、藤原さまは感極まったように声を震わせた。

『とりあえず、二度目のデートの約束はとりつけたんですよ。あと、SNSのアドレスも交換できました！　でも、とにかく気が逸《はや》ってしまって。ど、どうしたらいいでしょうか。ボク、このままでは、「変な病気は持ってないので安心してください」とか「怪しげな宗教に入信している親類縁者はいないです」とか、「まずは新婚生活を楽しんでから、子供は二年後くらいから作り始めたいです」とか、すごく先走ったことを言っちゃいそうで』

それは本気で落ち着け。

正直、傍《はた》から聞いている私ですらドン引きなのだが、率直に気持ち悪いから頭を冷やせとも言えないもので、自然「素敵な出会いをされたんですね……」とコメントは最小限になる。

そして、この様子だと、きっとこの迸《ほとばし》るパッションは、園田さまの前でも隠しきれていなかったことだろう。つい、そわそわと挙動不審になりながらゴトゴト左右に揺れ動くメークインのイメージが脳裏に浮かび、私は慌てて掻《か》き消した。いやいや、これぞというお相手が見つかったなら、まことに結構ではないか。

『ボク自身、どこにこんな情熱が隠れていたのか不思議なくらいなんです。ハア、恋って素敵ですね……ありがとうございます。彼女に出会えたのは、樋口さんのおかげです！』

「い、いいえ。とんでもないことです」

　夢見心地の藤原さまに、不意打ちのようにお礼を言われる。どうしたもんかと悩みつつ、ついつい絆《ほだ》されるのは、こういうところなのだろう。それは、誠意とはまた別なのだろうか……と自問しつつ、私は気を取り直して事務内容を確認する。

「それでは、次回からの園田さまとのご連絡は、わたくしどもを経由せず、藤原さまのほうでおとりになられますか？　ＳＮＳのアドレスを交換されたとのことなので」

『そうですね、莉央ちゃんとはもう、電話もしましたし、会話もすごく盛り上がりました』

　莉央ちゃん、でございますか。繰り返すけれど、まだ付き合っていませんよね……？

『これはイケます。いや、いきます。絶対に彼女を手に入れます。このまま一気に攻め落としたいです！』

「……かしこまりました」

『ボクも頑張りますから、樋口さんも頑張ってくださいね！』

　何をじゃ。

　最後に高らかに快哉《かいさい》を叫んで、藤原さまの電話は切られた。ツー、ツー、と断続的に鳴る電子音に、私もため息をついて社用スマホの通話終了ボタンを押す。

時計を確認すると、もう昼休み終了の十分前だった。午後からは受付の当番だし、かろうじて近くのコンビニでゼリー飲料でも買って流しこむくらいの時間はあるかな、とため息をつく私は、不意にトントンと肩を叩かれて振り返る。

デスクのすぐ脇に立っていたのは、昨日のお見合いに立ち会った、園田さまのほうのアドバイザー担当者さんだった。

「あの。樋口さん、ちょっといいですか……？」

「はい？」

私にとって後輩にあたる彼女の、あからさまに困ったその顔に、私は目をしばたたいた。

＊

「えっ⁉　藤原さまとのデートの予定を、仲人のほうで断ってほしい……？」

「すみません！　さっきの電話、たぶん藤原さまですよね？　すごく乗り気っぽいのはわかったので、むちゃくちゃ申し訳ないんですけど……」

弱りきった様子の彼女は、「なんて言ったらいいのか。藤原さまの勢いがすごくて、園田さま、すっかり引いてしまったみたいなんです」と苦りきった調子で教えてくれた。

「友達の紹介で突然彼氏ができた、ということにして、どうにかお断りの意を伝えていただけませんか……って、ついさっきお電話があって」

「……ちなみに、園田さまご自身でお伝えいただく、というのは難しいと？」

「いやー……それがですね。園田さま、どうもすごく押しに弱いタチらしくて。通話機能のあるSNSのアカウントも、グイグイ迫ってこられて、つい交換しちゃったみたいなんです。自分では怖くて断れそうにないと、もう半泣きで……」

「そ、それは、仕方ないですね……」

藤原さまは、「とても会話が盛り上がった」とおっしゃっていたが、園田さまのほうはそうではなかったのだろう。むしろ、気持ちよさそうに好きなことを話す藤原さまに、一生懸命に話を合わせていたのかもしれない。男女の間での状況認識の食い違い。これもまた、残念ながら非常によくあることなのだ。

――彼女こそ、ベストラビットです！

つい先ほどの、恋の情熱に身を任せて息巻く藤原さまの声が耳奥にリフレインし、私も同じく苦虫を噛み潰したような表情になった。どうしようもない。話を聞いてから、わずか三分で失恋確定である。

よくあることだ。が、慣れるわけではない。正直、報告する側としては、それはもう気が重いわけで……。

「悪い報せ《しら》ほど急いだほうがええんは世の常やけど、これぱっかりはなあ……。とりあえず、今すぐ藤原さまに電話かけるんは、さすがにやめたほうがええやろな。まずは所長に経緯報告して、園田さまにもあらかじめ連絡入れて、話をこまかくすり合わしてから、……藤原さまには申し訳ないけど、夕方か、明日の朝イチくらいまで寝かしたらどない？」

「そうだね……」

「まあ、しゃーなしやで」

すぐそばで一連のやりとりを聞いていた智香ちゃんが、気の毒そうにアドバイスをくれる。私は頷き、ため息とともに椅子の背もたれに深く沈みこんだ。

ついでに、ちょっと不安がよぎる。——藤原さま、おとなしく引いてくれるといいけれど。

そしてその懸念は、残念ながら的中してしまう。

＊

『はぁ⁉　友達の紹介で彼氏ができた？　ボクは聞いてませんけど！』

そして迎えた翌日。

藤原さまに電話をかけ、言葉運びに迷いに迷いつつ、園田さまの意図を伝えたところ、返ってきたのは案の定な反応だった。

　いや、だから聞いていないも何も知るわけないでしょう、あなた方まだ付き合うどころか……という、何度目になるかわからないツッコミを呑み下し、私は「申し訳ございません、こちらもご連絡をいただいたばかりで」とお茶を濁す。とはいえ、実際のところはひと晩寝かせているので、罪悪感がすさまじい。

『彼氏だなんて、そんなはずはない!!　だって莉央ちゃん、まだ婚活の登録情報ページだって休止してないじゃないですか。誤魔化したって通じませんからね、昨日もちゃんとあったし、さっきも見ましたし。それって、まだ相手を募集してるってことでしょう!?』

　正面にいたら唾《つば》が飛んできていたかもな、という勢いで繰り出された言葉に、私はギクリとした。

「い、いえ、……そちらは、データ処理のタイミングの関係で、残っているだけで……間もなく、開示していた釣り書き情報をいったん引きあげる形になるので、明日には見られなくなるかと」

　所長もまじえて作成した嘘八百を並べつつ、彼が、たった一日の間に園田さまの登録情報ページを何度もチェックしている事実を知ってしまい、冷たいものが背筋を伝う。そういえば藤原さま、以前「好きなことに打ち込み始めると、ついつい我を忘れて夢中になっちゃうんですよ」とおっしゃっていたことがあったが、失礼ながら微妙に、いや割と、ストーカー気質をお持ちなのかもしれない。

無論、こういった特定のお見合い相手に異常な執着を見せるお客さまが、過去にいなかったわけではない。マニュアルに従い、園田さまのデータだけ、藤原さまの個別ページからアクセスできないよう厳重にブロックをかけなければ、と固く誓う。

だが、藤原さまはなおも諦めなかった。

『樋口さん、やっぱり、その話って本当ですか？　ちょっと信用できないな。だって、莉央ちゃんは退会したわけじゃないんでしょう⁉』

「申し訳ございません。他の利用者様のプライバシーに関わる内容につきましては、お答えしかねます」

『他のって……ボク、一昨日《おととい》彼女と直接会ってお見合いまでした人間なんだけど⁉』

「……申し訳ございません、ご了承ください」

『そんな……そんなのってないですよ。どうにかならないんですか⁉　ボクだって彼女を諦めたくありません。想いの強さなら負けない自信があります。そんな、どこの誰だかわからないポッと出の男になんて、莉央ちゃんを譲りたくない。できるわけない！』

いやいや、ポッと出の具合でいうなら藤原さま、あなたこそ相談所経由で、たった一度お見合いしただけの仲でしょうが！　……と、それは禁句なのでかろうじて呑みこむ。

「かさねがさね、藤原さまには、本当に申し訳もございません……。心中お察しいたしますし、ご納得いただけないのも、重々承知しております。ですがなにぶん、お相手の方あっての交際ですので……。実は、その男性を紹介したという園田さまのご友人とのかねあいもあって、ちょっとお断りされづらいという裏事情もおありのようなんです……。そういうわけで、次回のデートのご予定も、一度白紙に戻していただけたらとのことで」

あらかじめ打ち合わせてあった内容で、どうにか心を収めてくれないかと辛抱強く頼み込む。嘘は苦手だ。……本当に、苦手なのだ。せめて電話でよかった。一言しゃべるごとに、口の中が乾いてかさつく。一分一秒がいやに長く感じた。

『なるほど？　その男と付き合い始めたのは、莉央ちゃんが断りづらいから、仕方なく、なんですね？　正直、友達付き合いの都合上ってだけで、莉央ちゃんは困ってるのでは？』

「いえ、そういうわけでは」

『じゃあどういうことなんですか？　ちゃんと説明してくださいよ』

「申し訳ございません、これ以上は……。他の利用者様の個人情報を、勝手にお伝えすることはいたしかねまして……」

らちがあかない。押し問答を繰り返し、どれぐらい経っただろうか。ついに、電話口の向こうで、藤原さまは深いため息をついた。

『……わかりました』

最後にそれだけ呟くと、彼はブチン！　と音が鳴りそうな勢いで通話を切った。私もため息をつきながらスマホを耳から離す。

先方の希望とはいえ、お客さまに嘘をつかねばならなかったことへの自己嫌悪。そこに、せっかく藤原さまご自身が乗り気だった恋に、こちらで無理やり終止符を打たねばならない申し訳なさも相まって、ひどく後味が悪い。

「お疲れさん、やな」

そばでずっと聞き耳を立てていた智香ちゃんが、私の背を叩いて、机の引き出しにストックしてある大袋のアーモンドチョコレートをひとつぶ、手のひらに乗せてくれた。無心に包み紙を剝《む》き、舌の上でほろ苦くも甘い味を溶かし、香ばしい木の実を嚙み砕いているうちに、どうにかお断りできたことだけでよしとしようと、私は自らの心に折り合いをつけられた。

「ほんで、藤原さま、なんて言うてはったん？」

「……『わかりました』って一言で切られたよ。ひどくお怒りだったのは、……まあ、仕方ないかあ……」

今後の彼の婚活のモチベーションを落とさないよう、またきっちりフォローに回らなければ。そう気落ちせずにいてくださるといいのだけれど。今回はたまたま運が悪かっただけで、世に女性は園田さまだけではないのだから……。

一方で、さっきうまく処理できたと思った後悔の念が顔を出してくる。この方法が最善だったのか。藤原さまを傷つけずに済むやり方はなかったのか。我ながら、もう少し、どうにかできなかったものだろうか……。プロとして、仲人として。私は。

「冴？　どないしたん？　眉間のシワ、どえらいことなってるで」

ふと気づくと、智香ちゃんに顔を心配そうに覗《のぞ》きこまれていた。

「よかったら、今晩も飲み行く？　また美味しいとこ見つけてん」

「行く」

「よっしゃ。予約入れとくわ」

くいっと手首を返してビールをあおるしぐさをしてみせる智香ちゃんに、私は一も二もなく頷いた。飲みには先日行ったばかりだし、多少今月の生活費の予算オーバーになるけれど、必要経費だ。気晴らしをしないとやっていられない。

「らっしゃいませぇ！」

のれんをくぐった瞬間、タレの絡んだ肉を炙《あぶ》る美味しそうなにおいと、威勢のいい店員さんの声が出迎えてくれる。

智香ちゃんに今日連れてきてもらったのは、会社からふた駅ほど電車に乗ったところにある、串焼き専門の居酒屋だった。鶏《とり》だけでなく牛や豚《ぶた》や野菜の串も種類が豊富で、好みや予算をあらかじめ伝えておくと、おすすめの品を次々に出してくれる。並んで腰かけたカウンター席からは、店主さんが手際よく串を炭火の上に並べていく様子がよく見える。

「災難やったなあ、冴」

この店の名物だという水キムチをぽりぽり齧《かじ》りながら、智香ちゃんはカウンターに頬づえをついた。私も倣《なら》ってきゅうりを摘《つま》む。ほどよい塩気にピリッと鷹《たか》の爪がきいていて、疲れに沁《し》みる。

「あんまり深刻に考えんときや？　人と人の縁なんて、切れるも繋がるんも当人しだいや。あたしらにできんのはお手伝い。アレは、どないしょうもなかったで」

カウンター席でお客さまの情報をあけっぴろげに語るわけにもいかず、自然、肝心《かんじん》の内容についてはぼかしながらの会話になる。昼間のことを労ってくれる智香ちゃんに、「ごめんね、心配かけちゃって」と、たまらず私は苦笑した。

「お客さん方も勝手なもんやんな。嘘つかしてまで断らせるほうも断らせるほうやし、空気読まんと食い下がるほうも食い下がるほうや。あたしら何でも屋ちゃうねんで」

「うーん……まあ、利用にあたって少なくないお金をいただいてるんだし、いろいろ望まれるのはしょうがないかなと思うよ。けど、後味悪いなあ。よく考えもせず、嘘をつくやり方に賛同しちゃったけど、嘘をつかれたほうには不誠実には変わりないからさ……」

「あーもう！　ほーんま、くそ真面目やな、冴は」

狭い店内には、タバコの煙と肉を焼く煙が合わさりながら充満して、ちりちりと肺を刺激してくる。もごもごと葛藤《かっとう》を言葉にすると、生ビールのジョッキをカウンターに置いた智香ちゃんは眉間を押さえ、――ふと、真顔になってこんなことを呟いた。

「なあ。迷惑クレーマーの大好きな言葉で、『お客さまは神様です』ってあるやん。わざわざ金払ってんねやから神様や、崇《あが》めて奉《たてまつ》れっちゅうやつ」

「え？　うん。……本来の使い方は違うらしいって、どっかで聞いたことあるけどね」

「せやな。そもそもは有名な浪曲師のセンセが、客席にいてはんのは神様やと考えて、常に完璧な芸を披露したいっちゅう意味で言うたらしいってのは、あたしも知っとるよ」

智香ちゃんの話の向かう先が読めず、私は訝《いぶか》りながらも「うん？」と先を促《うなが》す。

「でな、あたし思うねんけど。迷惑クレーマーの使い方も、ある意味合っとるなあと」

「え？」

「だって、神様ってさぁ。祟《たた》るやんか」

……祟る？

私は思わず、ぱちぱちと目をしばたたいた。

「何考えてるんかわからへんし、気まぐれに人間を翻弄《ほんろう》しといて罪悪感も抱かへんのやろ」

しかも、せいいっぱいお祀《まつ》りしても、やれ供え物が気に入らん、やれ信仰が足りひんって、お気軽にバチ当ててくるんやろ。智香ちゃんは饒舌《じょうぜつ》に語る。

「そんなんもう、どないしょうもないやろ？」

「……ええと」

「せやから、神様相手に、百点満点の接客なんてあり得へんって。もう、こっちは、人間なりに、都度テキトーにテキセツに、できることをやってくしかないねんて。そんで祟られたら、そん時は祟る神様のほうがどないかしてんねん。そう思わん？」

そのたとえに即せば、今回の一件での私は――祟られた、ということになるのだろう。

彼女が言わんとすることが次第にわかってきて、私はあいまいに頷く。

「安心し。冴は誠心誠意、できることをしたと思うで。あたし見てたもん。保証するわ」

「……そうかな」

智香ちゃんが、懸命に励ましてくれるのは、純粋に嬉しい。けれど、それと同時に、私は「誠心誠意」と「お客さまは神様」について、別の意味でじっくり考えてしまっていた。神様を変えることはできない。だからこそ、人間は誠実に、完璧な態度を示すしかない。たとえば、藤原さまに。私は本当に、そんなふうに接していただろうか？

彼の言葉や態度のはしばしに、内心で苛立《いらだ》ったり嘲笑《ちょうしょう》したり、馬鹿にしてきたところはあっただろう。そういう私の嫌な心根というのは、口に出さずとも、自然と伝わってしまったりするものでは？　とどのつまり私の本性は、毒吐きサエちゃんなのだ。

なんとも言えない口の中の苦みを打ち消すように、私は皿に並べられた牛串を手に取った。果物や玉ねぎを使った秘伝のタレに漬け込んだハラミは、噛むごとに香りと旨味《うまみ》が溢れる。美味しい。

「智香ちゃんはすごい」

肉を飲みこむと同時に、私はぽつりと口に出していた。

「ちゃんと、どこまでがセーフでどこまでがアウトかって、自分の中で区別をつけて仕事ができてるの、ほんとすごいと思う」

「いや、あたしかて悩むもんは悩むで。岡目八目ってこっちゃ。今、こんな大上段からアドバイスっぽく話してんのはな、あたし自身のコトやないからや」

「それだけじゃないと思うよ。私も見習わないと」

「だから、ちゃうってば。けど、……せやなあ。言いたい放題ついでにあとひとつ、あたしの信条を付けさしてもらうなら」

もったいぶって額の前に指を一本立て、智香ちゃんは断言した。

「違和感は裏切らへん」

「ん……？　どういうこと？」

「要するにな、人間かて生きモンや。そもそもが、安全よりも危険に敏感にできとる。これは大丈夫そうやなって勘は、割と外れたりするやん。けど、なんや妙やなって時だけは、気のせいやない。それは絶対、理由があんねん。どっか、なんかが変なんや」

だから、変やと思ったらすぐ逃げなアカン——智香ちゃんの言葉に、私は頷いた。

違和感には、理由がある、か。

昼間、藤原さまに対応した時のことを思い出す。彼は「わかった」と言いつつ、電話をガチャ切りした。それ以前に、園田さまの「デートを断る」という話を肩代わりしたのも、正しいことだったのか……。

違和感を信じろというなら。

私は、すでに逃げ時を逸してはいないか？

ふとよぎった考えを、私は慌てて振り払った。

「まあ、今回のことはもう済んだことや。なんとかなるやろ。人間は人間らしく、やなことは酒と肉で流したろうや。さっ、はよ食べよ！　こっちのシシトウと牛ハツのんもメッチャ美味しかったで！」

「えっまじで！」

智香ちゃんの言うとおりだ。これからのことは、なるようになるだろう。

……と、つかのま前向きに考えていた私は、その後、藤原さまが出た行動に度肝《どぎも》を抜かれる羽目になる。

＊

違和感は、本当に嘘をつかなかった。

結論から言うと、――藤原さまの「わかりました」というのは、「そっちの言いぶんはわかりました」の意図で、彼は何ひとつ、まったく納得などしてはいなかったのである。

藤原さまから直接突撃があったと、園田さまから悲鳴じみたクレームが入ったのは、翌朝一番のことだった。

なんと彼はその晩、園田さまに電話をかけ、「一度だけチャンスを欲しい」と食い下がったという。それも、着信を無視していた彼女が観念するまで何十回もコール音を鳴らし、説得そのものも一時間にも及んだという。たった一度会っただけの相手に、まさかそうまで必死に縋《すが》りつくと思わず、「今後の個人的なご連絡はお避けください」とハッキリ釘を刺しておかなかった私のミスだ。園田さまに心痛をかけてしまったことに、胃が重くなる。

おまけに、園田さまは、私たちの予想をはるかに超えて〝押しに弱かった〟らしい。

『樋口さん、ボクはやりましたよ！　莉央ちゃん、今度ディナーだけ一緒に行ってくれるそうです！』

クレームの電話とほぼ時を同じくして、藤原さまからは喜びの電話が入った。私はずきずきと痛むこめかみを指で押さえながら、祝うわけにもいかず「さようでございますか」となんともいえない返事をする。

念のため園田さまに確認をとると、「こればっかりは自業自得なので、そのディナーにだけお付き合いして、どうにかします……」と、力ない返答を得た。私の不手際でこうなってしまったので、あまりに申し訳なく、本当に大丈夫ですか、よければこちらでお断りをいたしますが、と再三申し出たものの、先方はやはり自力でなんとかしますからの一点張り。正直、心配でしかない。

しかし、藤原さまの情熱はそれだけにとどまらなかった。

「それでですね、どうでしょう。その、決戦ディナーが明後日《あさって》の金曜になったんです。ど、どうしたら。ボクはどうしたらいいですか！」

ついに勢い余って、昼休み中に弊社受付に駆け込んできた藤原さまに、私は「やめとけ死に戦《いくさ》だ」と内心で呟きつつ、かといって顧客当人同士の取り決めに口も出せず、静かに頭を抱えた。

でも待って、やっぱりこのままじゃ、彼はドツボに向かって一直線だ。せめて、彼の退却をスムーズにし、園田さまの傷を軽くするための方策を、脳みそフル回転で考える。

「そうですね……あくまでわたくしの意見で、かつ一般的な話ですが。園田さまはすでに心が決まっておいでのようですから、今すぐ彼氏と別れてほしい、自分と一緒になってくれとゴリ押しするよりは、『もし振り向いてくれる可能性が一片でもあるなら、いつまでも待ちますよ』という大人な姿勢をお見せするほうが、ぐっとくるものだと思いますよ」

「エッ、待てません。だって彼女が、今もどこぞの馬の骨と一緒にいるんだって思うと、腸《はらわた》が煮えくりかえるじゃないですか！」

黙れメークイン、そいつが馬の骨ならお前は畑の芋《いも》だろうが、と、とっさにひどい暴言を吐きそうになるが、耐える。耐える。耐えきった。

「ポーズでもいいんです。もちろん園田さまと交際に進まれるのがベストですが、その、万が一、の場合もございますし……藤原さまも今後の活動で、別の素敵なお相手を見つけられる可能性だってあるわけですから。でも今は、それだけ園田さまへの想いが深くていらっしゃるなら、できる限り園田さまの意思を汲《く》み、誠意をお見せするのが一番だと……」

私もどうにか意図を伝えたくて、言葉を尽くす。いちおうちゃんと本心ではあるのだ。それだけ一途に惚《ほ》れ込み、行動に移すエネルギーがあるなら、ぜひとも園田さまを慮《おもんぱか》ることにも使ってほしい。負けが見えている戦は、早めに撤退してほしい。

なんだかんだいって、お客さまには男女問わず、楽しく婚活に励み、最適なお相手を見つけていただきたいのだ。私たち仲人の切なる願いである。

「ふーん……万が一の場合がどうとか、縁起でもないことを言うんですね。アドバイザーのくせに。樋口さんはボクの立場に立ってくれるものだと思ってましたが！」

しかし、藤原さまは苦りきった表情で吐き捨てると、ガタンと椅子を蹴《け》たてて立ち上がった。そのままカウンターに背を向けられ、引きとめる暇もない。

さて、どうしたもんかな……と額を覆う。とりあえず、運命のデートまでに、藤原さまには一度謝罪のお電話を入れておかねば。私の言いようで彼が気分を害してしまったなら、それはやはり、私の責任だ。

しかし。

「あれ……」

ふと、私は声を上げた。

藤原さまと同時に、隣のカウンターブースから立ち上がった人物が目に留まったのだ。

古株の顧客、中井《なかい》さまだった。

頬骨の浮いた顔は無精ひげと茶髪でチョイ悪を演出し、下品になりすぎないダークレッドの柄シャツと生成《きな》りのジャケットでおしゃれに決めているが、実年齢は四十代半ばである。かつてはどんな女もよりどりみどりだったという中井さまは、遊んでいるうちに婚期を逃してファビュラス・マリッジに登録したものの、次から次に女性と会えることをモテ期の再来と勘違いして成婚に至らないまま三年が過ぎようとしている〝中年〟問題児だ。

なお、用事がなくともよく相談所を訪れる彼を初めて見かけた時、藤原さまが「あの人、歳食ってるけど……イケメンですね。つまり、人類の敵ですね」と、もはやどう突っ込んだらいいのかわからないコメントをしていたのは、ここだけの話だ。

私は目をしばたたいた。なぜなら、彼が立ち上がったブースは、誰も応対に出ていなかったから。むしろ静かすぎて、私自身、中井さまがおいでだと気づかなかったくらいだ。

「ねえ、キミさぁ……」

「はい？」

「聞こえてたよ。明後日、決戦のデートなんだって？」

「えっ……あ、はあ」

しかも中井さまは、藤原さまと私の話に耳をそばだてていたらしい。そうとわかったのは、彼の鼻にかかったようなテノールが、今にもドアの向こうに行こうとする藤原さまを呼びとめた時だった。あれだけ大声でやりとりしていたのだから、当然かもしれないが。

眉根を寄せる私をよそに、中井さまは、怪訝そうに振り返った藤原さまを手招きすると、こそこそと耳打ちするように何事か囁《ささや》いた。続けて、顔色を変えた藤原さまに、片頰を吊りあげてニヤリと笑いかけると、ドアの外を指さして連れ出していく。

遠ざかっていく彼らの会話の中身は不明だが、後ろ姿ながら中井さまが身ぶり手ぶりを交えて語っているのと、藤原さまが赤べこよろしくしきりに頷いているのはわかった。

それにしても……あの二人、知り合いだったのか？　中井さまには私もよく雑談がてら話しかけられるけれど、今まで特に、お互いについて聞いたことはない。

ひょっとして、割って入ったほうがよかっただろうか。いや、相談所の外に出てしまったあとは、お客さま同士の個人的な交流を止める権利なんて、仲人にはないし……。

悶々《もんもん》とする。ちょっと、嫌な予感がした。

＊

果たして、次の土曜日。決戦ディナー、明けて翌朝である。

弊社の営業開始時刻と同時に、藤原さまはお通夜《つや》のような顔で受付に訪れた。

結果は見え透いていたので、まったく驚きはなかったが、世界中に見捨てられたズブ濡れの子犬のような体《てい》で、フラフラと歩いてくる彼に、私もさすがに心配になる。登録初日の、Tホテルでのお見合いに失敗したあとでさえ、ここまでではなかった。

「だ、大丈夫ですか藤原さま。とりあえず、おかけください。というか、よろしければ個室を……」

「樋口さぁん……」

ご用意しましょうか、まで言わせず、彼はカウンターにがっくりと手をついた。

「ベストラビット、駄目でした……!!」

ほとんど洟声《はなごえ》で呻《うめ》く彼に、「あ、ハイ。でしょうね！　知ってた！」という本音を脳内から蹴り出して、私は「さようでございましたか……」と重々しく頷く。

ここまでバッキバキに心が折れた相手に、「今回ダメでも、まだまだ次がありますよ！明るく笑ってハイ次！　行きましょう！」なんて言えるわけがない。まずは話を聞く態勢を整えるまでもなく、藤原さまは昨日の戦いについて、洗いざらい打ち明け始めた。

「ボク、昨日はそれこそ決戦だと思って。秘密兵器をみっつも用意したんです」

「……秘密兵器、ですか」

「まず、許されたのがディナーだけなんで、ボクのとっておきのお店を予約しました」

念のため場所を聞いてみると、このあたりの中心地から何駅か離れた、しかも、ちょっと薄暗い通りにある、こじゃれた店らしかった。周辺には人通りも少ない。どんどん人気《ひとけ》のなくなっていく道に連れ込まれ、園田さまはさぞかし恐ろしかったことだろうと想像するだに、キリキリと胃が締めつけられる心地がする。

「それで、女の子の同僚から聞いていた、とっておきのパティスリーのお菓子も準備して」

なお、その菓子は、例のTホテルのお見合いの時にも持参したものらしい。よりによってあの、トラウマものの体験をさせられたはずのお見合いと、同じ物を……はあ……。

ゲン担ぎはしないんですね……とも言えず唾を呑みこむ私に、藤原さまは続けて最終兵器を明かしてくださった。

「そして、次が渾身《こんしん》の秘策だったんですが」

「はい」

「企画書を渡しました」

「きかくしょ」

「ボクと結婚した際のメリットを、グラフィック付きで解説した、フルカラーA４用紙五枚です。前日に、徹夜で仕上げましたよ」

「……」

「人生で、いまだかつて、あれほど熱意を込めて資料を作成したことはありません……」

同居にあたって、住まいは彼の実家のそばに買いたいことや、それこそ自分には大きな病歴や犯罪歴もなく、身内もクリーンであること。趣味である短歌にはお金がかからないので家計を圧迫しないことや、順調に進んだ場合の今後の出世コース想定などなど。内容は多岐にわたったという。見せてくださいと思わず頼んだら、それは嫌だと断られた。

「そ、園田さまの反応は……」

おっかなびっくり訊くと、藤原さまはちょっと誇らしげに声を明るくした。

「涙ぐんでいました。感動したっぽくて」

確実に違う。

たぶん怖がられたんだと思います。

突っ込みのために開きかけた口を、とっさに気力で縫い閉じる。先日の、智香ちゃんの話を呪文のように繰り返した。相手は神様だ。想定外がデフォルトなんだ。

「なにせ莉央ちゃん、企画書を見つめたまま目を潤《うる》ませて、黙りこんでしまったので。そこまでは順調だったんですよ。ボクも、これは！　って思って……はあ。かえすがえすも、悔やまれる。やらかしました。決定的な過ちをおかしてしまったんです」

「あやまち、ですか？」

この上にさらに？　もうだいぶ瀕死《ひんし》に思えるけれど。おそるおそる尋ねる私の前で、藤原さまは、蚊の鳴くような声で呟いた。

「手を……握ったんです」

「……え」

「だって……この前声をかけてきた、モテ技術持ちの人に、……相手が嫌がっているかどうかは、ボディタッチでわかるって聞いたんですよ。脈ありの子を見抜く、裏技だって」

モテ技術持ちの人……。それを聞いてとっさに思い浮かべたのは、彼が中井さまに連れられてロビーを出て行った、三日前の光景である。あの時覚えた嫌な予感は、やはり的中してしまったわけだ。固まる私をよそに、カウンターにめり込みっぱなしだった藤原さまは突如《とつじょ》がばりと身を起こすと、立て板に水でまくしたてた。

「仕方ないでしょう⁉　こっちは必死だったんだ！　だから、飛びついてしまっただけなんですよ！　アドバイスを聞いた時に、希望が見えたと頭から信じ込んで。でも……そもそもイケメン無罪って大前提があるのを、失念してました……。っていうか、よく考えれば、そんな裏技が本当に有効なら、あの人だってこんなところで婚活に励んでいるわけないんだし、その時点で気づくべきだったんです。ああもう、本当に！　あんなデマを真に受けて、ボクは底抜けの大馬鹿者だ！　時間を巻き戻したい……」

「……」

やっぱり彼らは知り合いなどではなかったのだ。たとえ仲人としては僭越《せんえつ》だろうが、勘に従って、無理にでも呼び止めておけばよかった。己の迂闊《うかつ》さにほぞを嚙む私の前で、藤原さまはうなだれて続けた。

「そんなこんなで彼女の手を握って、……はねのけられなかったから、イケるかと思って」

果たして藤原さまは、ゆうに十分以上は園田さまの手を握りしめていたという。

一度会っただけの男に執着され、力作の企画書なるものまで渡された上に、手まで握られるとは。園田さまへの心配と、もしかしたら防げたかもしれないのにという申し訳なさで、聞けば聞くほど、背を伝う汗が止まらない。

「ええと、藤原さま……それで、園田さまは……？」

「その時は何も。別に手を振り払われたりしなかったし。見たところ、嫌がってる感じもなかったはずなんです。でも……」

それは、その眼球に幾重にもかかったご都合フィルターを外してご覧になっての所見ですか、ともはや習性になった脳内突っ込みを押しやりつつ、私は黙って続きを促す。藤原さまは俯《うつむ》き、声を震わせた。

「でも、今朝になって、『いきなり身体《からだ》に触ってくるなんて、そんな礼儀知らずな人だと思いませんでした。二度と会いたくない』とメッセージが来て、……」

慌てて弁明しようとしたが、あとの祭りでした。彼は力なく続ける。

「……SNSも、ブロックされてしまっていたんです」

それは……当然の結果です。

先ほどの話のどこに、「これはイケる」の要素があったんですか！

第一に、手だろうと足だろうと、付き合ってもいない他人様《ひとさま》の身体に断りもなく触るなんて、道徳的に許されない。高く見積もっても最低だと、言わなきゃわかりませんか。

苛立ちのまま怒鳴りつけそうになり、深呼吸をひとつ。私は冷静さを取り戻す。目の前で小さく縮こまっている藤原さまは、もうしっかり罰を受け、反省もしているように見受けられた。この上さらに追い打ちをかければ、「やっぱりボクなんか結婚できっこないんだ」などと思い詰めてしまうかもしれない。

「……お疲れ様です」

かける言葉の順番に、私は迷った。

「それは、残念でしたね。とはいえ、ご自身で万全を期したと思えるまで取り組めたのなら、十分ではないかと……。あと、こう言ってはなんですが……別れにひどく落ち込むほど夢中になれるお相手と出会えただけでも素敵なことだと、わたくしなどは思いますよ」

「！」

じっと手元を凝視して俯いていた藤原さまは、そこで、はっと顔を上げる。

「夢中になれる相手と出会えただけで、幸せ……。そうですよね！　樋口さんもそう思います⁉」

彼はカウンターからこちらに身を乗り出し、叫んだ。もちろん声と一緒に唾も飛んできた。ちょっと、いや割と、かなり怖い。

「前にも言ったかもだけど、ボクもね⁉　莉央ちゃんに出会って、自分のどこにこんな激しく燃え盛るパッションが眠っていたんだろうって、ビックリしたんですよ‼」

「は、はい。ですから、今は大変お疲れかと思うので、まずは心身をしっかり休めていただいてはと……美味しいものを食べたり、たっぷり眠ったり」

「ええ、ええ！　そうします!!」

よし。どうにか、だんだん気を持ち直してきたようなので、私は本題に移ることにした。

「とは言いつつ、えー……その、やはり反省も大切と申しますか。特に、手を握ったという件では、きっと園田さまも驚かれたはずなので。今後、そうしたことには、くれぐれも慎重になっていただきたく……」

「ええ、ええ。反省、そうですね、そのとおりですね。この世のあらゆる美女は毒物だって、ボクもよくわかりました」

いや待って、反省すべきはそこじゃない。というか、後半！　後半も聞いて！

あと、美女は毒物って。そういえば、イケメンも人類の敵なんだっけ。その意味不明なレッテル貼り、やめたほうがいいですよ。

これをソフトに伝えようとすると、……無理だな。

「なんだか気が楽になってきました！　ああ、やっぱり樋口さんにアドバイザーになってもらってよかったなぁ！」

私が葛藤している間に、多少なりとも回復したらしい藤原さまは、きもち血色がよくなった顔に笑みすら刷《は》いて席を立ち、さっそうとロビーを出て行った。

……元気になってくださったなら、よかった……？

そうは思いつつ、かすかに胸に暗い影が差し、私は眉根を寄せた。

本当に、よかったのかな?

違和感にはすべて理由がある。智香ちゃんの話がふと頭をよぎったが、その理由とやらの正体を、渦中の私は摑みきれずにいた。

＊

しかし、元気になったのはその場限りで、藤原さまは、園田さまのことを吹っきれたわけではなかったらしい――とは、その後の活動を見ていればすぐにわかった。

さまざまな〝ラビット〟が藤原さまのデータに追加されたが、彼は、まったく集中できなかったのだ。

「やっぱりダメです。誰と会っても、ボクは、ベストラビットの面影を求めてしまう。相手のことを、ボクは果たして莉央ちゃんと同じくらい情熱的に愛することができるんだろうか……そんなことを思うと、無理かもしれないって」

「そうでしょうか。短時間で燃え上がる気持ちもあれば、時間をかけてゆっくり育《はぐく》む想いもあると思いますよ」

こんな調子で、毎日のように来社しては、酒も入っていないのにカウンターでくだを巻く藤原さまに接するうち、私も少しずつ気遣いが雑になり、口汚い本音にかぶせたオブラートが溶けていくのを感じていた。加えて、彼が園田さまに働いた無礼についての引っかかりや気分の悪さも、引きずったまま消化できていなかったのかもしれない。

「だって、相手を好きになれるかどうかって大事じゃないです？　結婚は最終就職だとか、人生の墓場だなんていうじゃないですか。ボクはそうはなりたくない。恋愛もしっかり楽しみたいんです。いきなり子育てだなんだって、さびれた生活を送りたくない！」

はあ。それ、日夜育児に励む全国のお父さんお母さんの前で言ってみてくださいよ。私だったら張っ倒しますけど。

　喉元まで出かけた毒を、じわりと唾に溶け込ませる。呑み下す。すると、毒はそのまま血となって、私の身体を巡るのだ。そして、再び口許《もと》に戻ってくる。

　そんなことをおくびにも出さず、私は彼を慰める。そして、自らに言い聞かせた。心を穏やかに。落ち着いて、と。

「そうですね……おっしゃることはよくわかります。とはいえ、一度やり方を変えて、この人でなくては、と決め打ちで求めに行くより、藤原さまのことをちゃんと見て、藤原さまご自身を好きになってくれるお相手を探したほうが、建設的かもしれませんね」

「えー、そうかなぁ。樋口さんソレよく言いますけど、ボクは、結婚するためならなんでも捨てられると思ってますよ？　たとえば相手の人に、『おじいちゃんおばあちゃんばかりの短歌サークルに通うのがイヤだ』って言われたら、スッパリやめられるし。汚部屋だって頑張ればすぐ片付けられますよ」

「そうおっしゃらず。汚部屋……はともかく、短歌のご趣味は、素敵な個性のひとつですし。ありのままで気の合う方も、いらっしゃるかもしれませんし」

「そんな人いる？　じゃあ連れてきてくださいよ。そんなの言ってくれるの、樋口さんしか見たことないですよ？」

「申し訳ございません。わたくしのたとえが不適切でしたね。ご登録のデータに記載のない情報は、ちょっとすぐにはわかりかねるので……」

「言うと思ったよ。樋口さんってさぁ、ボクの結婚相手を本気で探してくれるつもり、あるんですよね？」

「……もちろんです」

なにせ、連日来るのだ。そして、ほぼ毎度、同じような問答を繰り返している。

受付に出ている時間はほぼ、藤原さまの対応をしているような心地すらする。ロビーのソファで不満を押し殺すようにじっと順番待ちをする、私の担当する他のお客さまの姿を見かけるたび、申し訳なさに冷や汗が出るのだ。

藤原さまは、お客さまだ。

汗水をたらして働いたお金、それも少なくない額を、我が社に費《つい》やしていただいている。

でもそれは、他の方とて同じはず。

たった一人に手間暇をかけすぎるせいで、他の大勢のお客さまに届けるパフォーマンスのレベルが下がるのは、正解なのか。違うんじゃないか。疑問が渦巻く。そうだ。違和感には、必ず理由があるんだ。

私の中で、どろりと溜まった鬱屈《うっくつ》がはけ口を求めて首をもたげたのと、藤原さまが唇を開いたのは、ほぼ同時だった。

「いつも『顔で決めずに、自然体のまま反《そ》りが合う相手を探せ』みたいなことを、樋口さんは言いますけどね。ボク、やっぱり可愛い子じゃないとダメなんです」

そうかなるほど鏡を見てから出直してこいメークイン。トイレはそっちだ。

なんて言わずに、いつもどおり、本心を包み隠して、緩やかにやる気を促すアドバイスを――そう思っていたのに。その言葉は、うっかりと私の唇から転がり出てしまった。

「藤原さま。ご自分のお持ちでないものを人に求めるのは、いかがなものでしょう」

オブラートに包んだつもりで、相当そのままだった――と。

自分の言葉を反芻し、さっと血の気が引く。あとの祭りだ。

「……ふーん？」

とっさに聞き流してくれないかと願ったが、現実は甘くない。

その瞬間、藤原さまはスッと表情を消した。

「樋口さん。本心では、そんなこと思ってたんですね」

驚くほど冷え込んだその声に、私は蒼《あお》ざめる。

「た、……大変失礼いたしました。少々言葉を誤りまして、そうではなく……！」

「もういいですよ。……自分こそ彼氏もいないくせにね。ええ、よくわかりました」

ガタン、と椅子を蹴って立ち上がり、藤原さまは肩をいからせてロビーを出て行った。

その背を声もなく見送りながら、私は自らの失態をただ恥じていた。

三年も前に、もう二度と毒舌による失敗はすまいと、誓ったはずだったのに。

また、やってしまった……。

＊

案の定というか、ほどなくして、所長あてに藤原さまから苦情の長電話が入った。念のために、あらかじめ報告をあげておいて正解だった。

内容は、「アドバイザー担当に、顔がブサイクだから結婚できないんだと罵《のの》られた」という、事実をかなり拡大解釈したもの。しかし、私の失言が彼を不快にさせたことはたしかなのだ。その日の夕刻、さっそく私は所長とともに、藤原さまのご自宅に謝罪に赴くことになった。

行く道すがら、私はといえば、己の失言について、ただひたすらに反省ばかりだ。「私の不手際で申し訳ございません……」と恐縮する私に、所長は「ヘーキヘーキ。人間だもの、って偉い人も言ってたじゃん。そうだ、またラーメン食べて帰ろうよ」などと、カラカラ笑って手を振ってくれた。

頭が下がるが、その優しさに甘えてはいけないとも自戒する。普段から「僕は単なるハゲちびデブ三重苦のオッサンだけど、所員みんなが助けてくれるから、どうにかお神輿《みこし》やってられるんだよね」などと自身をネタにするようなお人柄なのである。

だというのに、その所長を、まさかの二度目の失言謝罪に駆り出してしまうとは。恩をあだで返すにも限度があろう。我ながら、ふがいなさにこぼれるため息は、おのずと深くなった。

——ボクが一人暮らしを始めたのは学生の時分ですから、今じゃすっかり板についています。ま、この歳なら自立なんて当然っていうか。いつまでも親に頼りきりじゃあね。

とは、以前に聞いた藤原さまの言だが、実際のところ、ご両親の所有する学生用の賃貸ワンルームマンションの一室を、無料無期限で借りっぱなしらしい。かつ、その実家もすぐ近くにあり、インスタント食品を〝自炊《じすい》する〟以外、もっぱら食事も世話になっているそうだ。

駅近くにある商店街の喧騒《けんそう》を抜けた先にあるそこは、こぢんまりした玄関ロビーの壁は年代物のタイル張りで、古びた緑色の掲示板に近隣の大学のイベントポスターやゴミ出しカレンダーが貼ってあるような、いかにもなつくりだった。築二十年という年数どおりの印象を受ける。

「あ、すみませんね。別によかったのに、ここまでしてくれなくっても」

二人でも満員になる小さなエレベーターで、藤原さまの居住する最上階まで上がり、お詫《わ》びの菓子折り持参でチャイムを押した私たちを、彼はしかし、驚くほど穏やかに迎え入れた。てっきり怒鳴り散らされるかと覚悟していたので、拍子抜けする。

「このたびはご不快な思いをさせてしまい、大変申し訳ございませんでした」

掃除していないので中には通せないということで、玄関の上がりかまちの前で、所長とともに頭を下げる。「いいんですいいんです、顔上げてください」と声をかけられて従うと、そう長くもない板張り廊下の向こう、奥に繋がるドアが開けっぱなしで、空いたカップラーメンの器《うつわ》や古びた雑誌類のごちゃごちゃと重なる生活スペースが目に入った。ゴミは廊下にも溢れてきている。何かが腐っているのか、つんと鼻を刺す饐《す》えたにおいに、汚部屋というのは謙遜《けんそん》ではなかったのか、などと、この期に及んで失礼なことを考えかけた。

「……?」

そこで一瞬、目を疑う。

──なんだろう。

生活スペースの奥壁が、無数の写真のようなもので、びっしり埋まっているのだ。

とりあえず、ここから確認できるくらいに大きなものは、すべて被写体が女性だった。芸能人のポスターや、雑誌付録のピンナップだろうか。それにしては、何かが妙だと感じる。なんというか、写り方がひどく生々しい。……いや、それよりもっと気になるのは、とりわけ引き伸ばされて印刷された一枚で。

素っ気《そけ》ない証明写真のようなそれは、どう考えても女優やアイドルのグラビアではない。どころか、……遠目にも見覚えが、ある、気が──?

「樋口さん?　どうかしました?」

思わず息を呑んだところで藤原さまに訝られ、はっと我に返った私は「いいえ！」と慌てて首を振る。これ以上失礼を重ねてどうするつもりだ。

結局、そんなに時間をかけることなく、つつがなく謝罪は終わった。極力部屋の奥を見ないようにしながら話を済ませ、さあ帰るかという段になり、先に所長が玄関を出る。あとに続こうと、同じく私がドアの向こうに足を踏み出した時だ。

「あ、待って樋口さん！」

不意に、藤原さまに呼びとめられた。ぎくりと肩を揺らして振り返る私に、彼は申し訳なさそうに会釈する。

「このたびは、ご足労ありがとうございます。ボクのほうも熱くなってしまって、すみませんでした」

何かと思えば、わざわざ送り際にまで挨拶《あいさつ》してくださるためだったのか。

引きとめられた理由がわかり、ほっとすると同時に、失言で彼を傷つけた己の不用意さが改めて申し訳なくもなった。私ももう一度、彼に向き直って頭を下げる。

「とんでもない、こちらこそ本当にご迷惑を……」

「いえいえ、いいんですよ」

そこで。

彼は笑みを深め、私の言葉を遮った。そして、ごく当たり前のように続ける。

「だって、ちょっと嫉妬《しっと》で意地悪しちゃっただけですもんね、樋口さんは」

「は、い……？」

「気に入らなかったんですよね？　ボクが莉央ちゃんと付き合うのが。樋口さん、ボクの趣味とかいちいち細かく覚えてたり、女性向けのプレゼント特集まで手作りしてくれたり、道理ですごく親身になってくれるわけだ。単に仕事熱心なだけじゃなかったんですね。残念だけど、樋口さんはボクのタイプじゃないから、お気持ちには応《こた》えられませんけど。公私混同とか責める気ないですし」

「え？　いえ……？　あ、あの、なんのことで……？」

「またまた。誤魔化さなくても、ボク、ちゃんとわかってますからね？」

眼筋《がんきん》が強張《こわば》り、瞳孔《どうこう》が収縮するのが自分でわかった。

なんだ、これ。

この人、何を言っているんだろう……？

とっさに反応できず黙りこむ私を置き去りに、彼の顔は微笑《ほほえ》んだまま、すうっと引っ込んでいく。ばたん、と大きな音とともに、鼻先で玄関のドアが閉められた。

＊

——気に入らなかったんですよね？　ボクが莉央ちゃんと付き合うのが。

所長とともについた帰路。私の頭の中では、別れ際に藤原さまに言われたことが、ぐるぐると回り続けていた。

ダメだ。何度考えてもわからない。徹頭徹尾、謎すぎる。

そもそも、私は仲人なのだ。彼のサポートを可能な限りはしてきたはず。仕事ぶりを疑われるにしたって、お客さまである藤原さまが誰かと交際を始めるのが気に入らないって、いくらなんでもそんなわけがないだろう。それよりも、「嫉妬で意地悪しちゃっただけ」とか、「残念だけどタイプじゃないから、気持ちには応えられない」って、いったいぜんたい、どういう意味だ……？

さらに思い返してみれば、さっき、一瞬だけ見えた、生活スペースの大きな写真。

あれは、気のせいでなければ。

園田さまの釣り書きデータ登録写真だった、ような……？

「樋口さん、どうかしたかい？」

「あ、いえ……なんでもありません」

ぬるついた汗が滲《にじ》んでいるのを隠すように、私は両手のひらを胸元ですり合わせる。少し前を歩いていた所長は、立ち止まって振り返り、一瞬訝るような表情をしたが、やがて特に気にした風もなく「いやあ、穏便に済んでよかったねえ」とにこにこ微笑む。幸いと言っていいものか、彼は、あの写真には気づかなかったらしい。

「そうですね。……このたびは、本当にご面倒をおかけしました。以後このようなことがないよう気をつけます」

仕方なく、私もあいまいに笑い返す。所長は鷹揚《おうよう》に首を振った。

「いやいいよ、叱責を受けたきみが一番ショックだろうしね。僕なんて、昔はもっとひどい失敗をいくらでもしたもんだ。けど、八方塞がってどうにもならんほど壊滅的な失敗なんてのは、この世にそうそうないもんさ。まあ、万が一そういう何かがあってもどうにかするのは、僕ら上の連中の仕事だしね」

「ありがとうございます……」

だからドンと構えて仕事してくれたらいいよ、と励ましてくれる所長に、私は改めて頭《こうべ》を垂れた。

そして、先ほどの疑問を所長に話すべきか逡巡する。

たとえば――私が見たあれが、本当に園田さまの釣り書きデータの写真だったとしたら。

彼はまだ、園田さまにこだわっていることになる。

いや、それよりもまず。小さな顔写真のデータを、あの大きさまで引き伸ばして印刷し、部屋の壁に掲げておく執着心。それって、尋常《じんじょう》な感覚なのだろうか……？

あそこには他にもたくさんの写真が貼ってあったが、たとえばすべて、以前お付き合いしていたという女性の写真だったとしたら。かつて別れ際に彼がかけられたという、「わたしたち付き合っていたの？」や「あなたとは、遠距離なら耐えられたけれど、近くにいたら無理」という元カノさんの言葉は、まったく違う重みを持ってこないだろうか？

指先のささくれに似た瑣末《さまつ》な引っかかりは、一度気になり始めると、じくじくと化膿《かのう》するように存在感を増してくる。

でも、それを所長に報告すべきかは別問題だ。ここまで謝罪対応でフォローしてもらっておいて、この上さらに「お客さまの部屋で気がかりが」なんて言い出せば、迷惑をかけるだけでしかない、と思い直す。何にせよ、ちょっと、様子を見たほうがいいのではないか。あの光景、覗けたのはほんの一瞬だけで、私の見間違いかもしれない、わけだし……。

——違和感は裏切らへん。

智香ちゃんの忠告も胸に甦《よみがえ》ったが、それにもつとめて耳を塞いだ。

なぜって、藤原さまは、私の顧客で。

自分のことは自分でどうにかするのが、まっとうな社会人のマナーだろうから、だ。

＊

それから数日は、藤原さまは受付に直接現れなかった。あれだけ頻繁《ひんぱん》だったお見合いの申し込みも、ぴたりと止まってしまった。

しばらく彼とやりとりをせずに済んで、正直ほっとしたのは否めない。あんなことがあった手前、次に話す時はどうしてもぎくしゃくしてしまうこともそうだが、訪問時、最後に私にだけ聞こえるよう言われたあの台詞が、ずっと澱《おり》のように耳奥にわだかまっていて、どうにも居心地が悪かった。

しかし藤原さまは、データ上は依然としてアクティブに婚活を続けている状態であり、新規加入の女性で彼に興味を持つ方だって出ている。そろそろこちらからご連絡を差し上げるべきか——と迷い始めていた、矢先のこと。

当時、季節は八月も半ば。遅い梅雨明けから再び始まった酷暑のせいで、昼休みはランチに出かける気にもならず、もっぱら近隣のコンビニのおにぎりやパンで済ませるようになっている。その日も、新発売のクッキーメロンパンをもそもそ食べていた私のもとに、智香ちゃんが、気がかりな情報を拾ってきた。

「なあ、冴。ごめん、気ィ悪うするかもやけど……これ、知っとる？」

ぐっと眉根を寄せた彼女が手渡してきたスマホには、短文専用で有名なＳＮＳの、誰かの個人ページが表示されている。アカウント名は『とある被害者Ｆ』。公開範囲は全体だから、誰にでも見られるものだ。いきなり一体何だ、と首を捻《ひね》りつつ画面に目を凝《こ》らすと、ユーザーのプロフィール欄には、こんなことが書いてあった。

『当アカウントの中の人は、悪徳結婚相談所である腐ァビュ裸酢・魔リッ痔の被害者です。アドバイザー担当仲人、Ｈ・Ｓに吐かれた暴言や、受けた仕打ち、馬鹿にされた体験談を、包み隠さず呟きます。信じるか信じないかぁ、ぁなた次第ですょ』

腐《フ》ァビュ裸酢《ラス》・魔《マ》リッ痔《ジ》って。いかにも侮辱《ぶじょく》目的らしい悪質な当て字がしてあるけれど、確実に我が社のことだ。

そして、Ｈ・Ｓ、とは。……まさか私⁉

「はあっ⁉　なにこれ……！」

スマホをひったくるように凝視する私に、智香ちゃんは眉尻を下げ、「あんたに伝えるんも、どないしょうかと思ったんやけど、……とりあえず、まだ所長には言うてへん……」

と視線を落とした。

　こんなことをする犯人が誰かって、ほぼ藤原さまで間違いない。やたらと小文字の多い文章からして確定だし、プロフィール画像も、彼の趣味である短歌を崩し字で書いた色紙の写真だ。

　そして、肝心の内容はといえば、もう、目を覆いたくなるような代物だった。

『アンタは不細工だから一生結婚できない、この底辺クソ野郎と、カウンターで恫喝《どうかつ》された。他の客もいる前で、聞こえよがしな大声で。もう死にたくなる』

『自分の業績アップのために、合わないだろう相手とのお見合いを、むやみに勧めてくる。失敗したら、すべて客のせい。こっちは高い金払ってるのに、サービスとは？』

『所長は見て見ぬふり。すべてＨ氏の言いなり』

　そこに書いてあったのは、およそ事実とはかけ離れた、ひどい捏造《ねつぞう》ばかり。私は言葉もないままスクロールを続けた。読めば読むほど、心臓が早鐘を打ち、めまいがする。

　これは何？　いったい、何が起こっているのだろう。『あと、やたら昼休みに電話かけてくるのも迷惑。仕事で疲れてるのに休憩させろっての』という言葉もあり、「それはこっちの台詞だ！」と思わず心中で叫ぶ。

　ＳＮＳアカウントの利用開始は、一週間前となっていた。にもかかわらず、すでにそれなりの数のフォロワーがつき、百を超える書き込みがある。ひとつひとつには、いくつもの同意を示すハートマークも贈られていた。

コメントは見たところ、『情報ありがとう』『それはひどい悪徳だな』『名前そのままで助かる。利用を検討中だったが見合わせようかな』といった賛同寄りと、『一方的すぎて怪しい』『思い込みや言いがかりっぽい』『利用者だけどそんなことはなかった』という否定寄りに分かれ、それぞれ数は半々のようだった。

「智香ちゃん……あの、これ……どこで」

「あたしも知らんかってん。今朝、ネットに詳しい友達が見つけて教えてくれたんや」

声を震わせる私に、智香ちゃんは言いにくそうに教えてくれた。

同じアカウント名では、検索エンジン主催の質問サイトなどにも、一斉に類似の誹謗中《ひぼうちゅう》傷《しょう》が上げられているという。さすがにすべては追いきれていない、とのことだけれど。

「そ……っか」

頭が真っ白になった私は、あいまいに返事をし、胸腔《きょうこう》の中で暴れ回る己の心臓の音を、ただただ呆然《ぼうぜん》と聞いていた。

藤原さま。どうして、わざわざこんなこと……。

いや、なぜも何もない。

ことの発端は、例の、私の失言に決まっているのだ。

いや、あの一件だけではない。私の態度や対応、日ごろの諸々が、少しずつ蓄積して、ついに爆発した結果だとすれば。藤原さまに、こんな悪口を各所で書きつづらせるほど、普段の私は、彼に対してぞんざいな対応をしてしまってきたのだろうか……。

黙りこむ私の心を読んだようなタイミングで、智香ちゃんが首を横に振る。

「冴のせいちゃうで。ああいう手合いってのはな、年下の女を必ず下に見てるねん。それで、普段から優しい態度で接してもらっとると、勝手につけあがって自分の思い通りになると勘違いするんや。なんやったら自分に気があると思い込んだりしてな。こっちは仕事やっちゅーねんな。だから、その相手からちょっとでもナメた態度とられると、いきなり頭が沸騰《ふっとう》するんや」

「……けど」

「その証拠に、匿名《とくめい》の巨大掲示板サイトにも、似たようなネタの投稿があるねんよ。といっても、そっちは見んほうがええ。さらにとんでもないデタラメが書いてあるし」

「え……ごめん、どんな感じかだけ、教えてもらっていい？」

これ以上にもっとひどいって、どうやったらできるんだろうか。しかし、口をへの字に曲げた智香ちゃんの答えは、斜め上から殴りつけてきた。

「いや、……あんたが、婚活中の自分に気ィがあるから、絶対に他の女とうまくいかんように、わざとお見合いを妨害してきとるんやって……」

「はぁあ⁉」

「あと、男性との経験がないのをコンプレックスにして、男の利用者をたらしこもうと色目使っとるとか、……やな」

「……」

たまげるとはこのことである。何をどうやったら、そんな超解釈が生じるのだろうか。

嫌がらせにしたって……と、あいた口がふさがらない。やっぱり何も言えない私の肩に手を置き、智香ちゃんは力強く勧めてくれる。

「あんさ、コレ、絶対に藤原さまやんな？　さすがに、所長に相談したほうがいいと思うねん。本人ともちょっと話をせなあかんやろし、まずはせめてこのＳＮＳの運営に言うて、アカウント凍結してもろたりとか。ウチの会社のイメージダウンにも繋がりかねへんし。なんか手ぇ打とう」

「え、あ、……うん、……じゃない。待って！」

ぼんやりと頷きかけたところで、はっと我に返る。「よっしゃ、さっそく」と所長のデスクに向かおうとする智香ちゃんを、私はとっさに引きとめてしまっていた。

「ごめん智香ちゃん、……もちろん所長に報告はしないといけないけど、少しだけ待ってもらっていいかな」

「なんでや⁉」

「こうなったのはそもそも、私のせいだし……藤原さまに、嫌がらせをやめていただけないかって、私のほうから一度、直にかけあってみる」

「ハァ⁉　あんた正気か⁉」

目を剝《む》く智香ちゃんに、「お願い」と手を合わせる。

「藤原さまは、私に、もっとちゃんと謝ってほしいだけかもしれないし。これでもし、いきなり上が出てくることで先方が逆上したり、あまつさえ警察沙汰《ざた》になったりしたら、それこそウチのイメージが丸つぶれになっちゃう」

「いや、……せやけどさ！」

「穏便に済ませたいというか、おおごとにしたくないんだって。これ以上、所長に迷惑かけられないよ。私が招いた事態なんだから、私がなんとかしないと」

必死に言い募ると、しばらく「けど」や「あのなあ！」と反駁《はんばく》していた智香ちゃんも、しぶしぶ引きさがってくれた。だが、苦りきった顔でため息をつかれてしまう。

「冴。無茶する前に、絶対に助け呼ぶんやで！」

「……ありがとう」

友人の優しさが胸に迫る。血の気の失せた顔で、私はへろへろと笑みを返した。

＊

悪質なクレーム対応なんて、今までも、いくらでもあったはずなのに。その電話をかけるのは、いつになく勇気が必要だった。

藤原さまからは、内容問わず、基本的に電話連絡は夕方からが都合がいいと聞いている。

ほんの二コールで、あっさりと電話は繋がった。

『もしもし？』

耳慣れたその声が電話口から聞こえてきた時、心臓はぐるんと跳ね、みっともなく身体が震えてしまった。相手に動揺をできるだけ悟らせないように、私はつとめて平淡な口調を心がけた。しかし、どうしても舌がもつれそうになる。

「も、……もしもし、藤原さまのお電話でしょうか。ファビュラス・マリッジ樋口です。お忙しいところ恐れ入ります。今、少しだけお時間大丈夫で……」

『ああ、樋口さん！　大変ですねえ！　見ましたよぉ、なんか、ネットでむちゃくちゃ叩かれてるじゃないですかぁ!!』

事務的な口上を皆まで言い終える前に、私の声にかぶせるように、藤原さまは大きな声を出した。いやに明るくて早口で、何よりも異様にテンションが高い。酒でも入っていそうなほど調子っぱずれで、まるで、音量を無作為に上下させた、壊れかけのスピーカー放送を聞いているようだった。

気圧《けお》されて黙る私に、たたみかけるように藤原さまは続けた。

『なんか、SNSとか掲示板とか、いろんなところで？　すごくヒドいこと、書かれてますよね。樋口さん、ボクにはすごく親切なのにねえ！　それとも、そういう対応してる場合もあるのか、まったく別人のことなのかな！　ボクにはあんまり考えられないけど。いやぁ、世の中、変なこと考える人っているもんですからねえ！』

「え、……」

まるで犯人は自分ではないと言わんばかりだ。面食らった私は、慎重に捻りだして脳内練習していたはずの謝罪やお諫《いさ》めの言葉が、みんな頭から飛んでいってしまった。

それきり次の言葉が出ない私に、次から次へと藤原さまはまくしたてた。

『そうそう、お客さんでもいろんな人がいるんだし、樋口さんも今後は、言葉とか態度とか気をつけたほうがいいですよ！　ボクには滅多にないけど、よく考えたらこの間みたいに、ちょっとカチンとくる時もあったりするし！　相談に乗るふりして本当は馬鹿にしてるんじゃないかって勘違いする人もいるのかな！　いや、ほんと稀ですけどね‼』

どの口が、などという次元の問題ではなく、彼の話すことは、私の理解の範疇《はんちゅう》を軽々と飛び越えていた。もう私はといえば、頭が真っ白になり、「は、はい。大変申し訳ございません……」しか出てこない。

『でも、これはさすがに見過ごせないっていうか、ひどいなあってボクも気になってててね。それでね。ボクは仕事がら、ネット関係の会社に伝手《つて》も多くって。だから、これからそのへんに連絡とって、どうにかして書き込みを消せないか、かけあってみますよ！』

「……は、はい？」

今度こそ何がなんだかわからず、返事の声が上ずる。

『アッ、安心してください、別に何か特別なサービス取り計らってくれとか、金くれとか言いませんし！　ボクは樋口さんには、いつもお世話になってるんですから。袖《そで》ふり合うも多生の縁ってか、まず他人とは思えませんしね！　つまり、一人の友人としての純粋な厚意ですから！』

「え、……あ、はい……ありがとう、ございます……？」

『いーのいーの！　気にしないで！　っていうか、ボクと樋口さんの仲なんだから、もっともっとボクを頼ってくれていいんですよ！』

えっ？　あれ？　だから、書き込みはみんな、藤原さま自身のものじゃ……？

何が何やら、わけがわからないうちに、『今日中にはどうにかできるように、みんなにあたってみますねえ！』とやはり大声で締めくくられ、唐突に、ブツンと電話は切れた。

ツー、ツー、と電話口の向こうが無人であることを報せる音を聞きながら、私は呆然と社用スマホを見つめた。けむに巻かれるとはこのことだ。いったい、何が、どうなっているんだろうか……。

「……冴？　電話もう終わったん？　どうやった？」

心配して、「サビ残でええから」と一緒に居残ってくれた智香ちゃんが、おそるおそるといった具合に尋ねてくる。

「え、あの、それが……あのアカウントとか書き込みとか、藤原さまじゃないって……」

「はあ⁉　そんなわけないやろ‼」

「いや、そうなんだけど……」

私はしどろもどろになりながら、今の電話の内容を、智香ちゃんにそのまま話した。

「なんやそれ。ふざけとんな。……けど、なんでしらばっくれたんやろ……」

「さあ……私にもさっぱりで」

「さすがに、『ムカついたから、ネットであんたの嘘八百悪口書き込んでました』って本人に告白するんは、気マズかったんかな。まあ、向こうが自分で書き込み消して、こっちの失態も手打ちにしてくれるつもりなら、よしとするかなぁ……下手につつくと藪蛇《やぶへび》か」

「うん……そうだね」

なんとなく釈然としないながらも、私たちはそういう結論で片付けることにする。

そしてやはりというか、その日のうちに、くだんのアカウントも質問サイトの記事も、すべてきれいに消えていた。匿名掲示板も、本人が申し立てたのか、同じく閲覧《えつらん》できなくなっている。自分で自分の所業を消して回るだけだから、当然のなりゆきだ。

いったい……なんだったんだろうか。

どれだけ考えても、藤原さまの真意は不明でしかなかった。背筋にうすら寒いものを覚えつつ、会社のネガティブキャンペーンになりそうな諸々をすべて処分してもらえたのだから目的は果たされたのだと、私は自らを納得させようとした。

しかし、藤原さまがらみで起きた気味の悪いことは、残念ながら、それで終わりではなかった。

＊

例のネット上の炎上騒ぎがあってから、二日後のこと。

終業後、いつものとおり、私は自宅に戻ってくつろいでいた。食事を終えてシャワーも浴び、あとは就寝前に友人たちと繋がっているＳＮＳの巡回でもしようかなと、ふとスマホを手に取った時である。操作する前に画面が勝手に明るくなり、自動で新規メッセージを知らせるポップアップが表示された。

「……えっ？」

メッセージが届いた先は、通話機能付きのＳＮＳアプリだった。見慣れた緑色のアイコンに首を傾げたのは、その内容が、未登録の相手からのお気に入り申請だったせいだ。

友達の誰かが、スマホを変えたついでに、ＩＤも変更になったのかな。今まで、親しく交流のある人以外とは使ったことのない種類のアプリだったこともあり、油断しきっていた私は、特に深く考えず承認ボタンを押してしまっていた。

『承認ありがとう。よかった。樋口さんですよね？』

続けて届いた短い一文に、思わず眉間に皺が寄る。……どう考えても、ＩＤが変更されましたというお知らせではない。やっと危機感を覚えた瞬間、続けて通話着信がある。

「……はい。どなたですか？」

反射的に取ってしまってから、とっさに思い浮かんだのは、こういうＳＮＳアプリ上で横行しているという詐欺《さぎ》やアカウント乗っ取りだ。しまった、反応してはまずかっただろうか——と動揺する私をよそに、相手は予想外な名を告げた。

『あっ、もしもし？　すみませんね夜分に。ボクですよ、藤原です』

「……え？」

　思わず、私は耳からスマホを外して画面を凝視した。どう見ても、社用端末を間違えて持ち帰ってしまったわけではない。藤原さまは今、まぎれもなく私個人のプライベートアカウントにアクセスしてきているのだ。……どうやって？　教えても、いないのに。

　驚きのあまり声も出ない私の心を読んだように、藤原さまは得意げに語った。

『あっ、ビックリさせちゃいました？　いやあ苦労しましたよ。前に、樋口さんがいつもと違うスマホでこのアプリ使ってる画面がチラッと見えたから。実名登録ベースの別なSNSとかを樋口さんの名前で検索して、それっぽいので見つけた写真とか友人情報を手がかりに、しらみつぶしに当たってくのを繰り返して、やっと辿《たど》りついたんです』

　さすがに時間がかかりましたよと声を弾ませる藤原さまに、私はやはり反応できなかった。たしかに、彼が先ほど挙げたSNSに私のアカウントはあるが、肌に合わなくてずいぶん前に使うのをやめたまま、ほったらかしにしていた。だが、そこからこの通話アプリ用のアカウントを割り出すのは、不可能でこそなかろうが、至難のわざだ。まず普通、そんな手間暇をわざわざかけようと思わない。……明らかに異常だった。

ゾッとした私は、無意識のうちに通話を切ろうとした。ただ、とにかく気味が悪くて、一刻も早くこの得体のしれない相手をブロックしなければ、と焦る。私のそんな様子を見ていたかのように、通話口の向こうで、ゆったりと藤原さまは話し続けた。

『あっ樋口さん、それでですね。これからは、婚活の相談とか全部、こっちのアドレスを使おうと思うんです』

「⁉　こ、困ります……！　こちらはプライベートです。社用のほうをお使いください！」

『えー？　困るのはこっちだよ。ついさっき、社用のはなんか不具合が起きて、うまくアクセスできなくなっちゃったんだよね。だから仕方なく樋口さん個人の連絡先を探しただけなのに。それとも、そんなの知ったことじゃないからって、おたくの相談所じゃ一切対処してくれないわけ？　高い金取っといて？　それって所長の方針？　あーあ、ボクは樋口さんのために、自分の時間を使っていろいろ工面したのになぁ！』

所長や相談所全体の問題にすり替えた話を矢継ぎ早にまくしたてられて、私はとっさに返答に詰まってしまった。あとから冷静に考えれば、不具合の件は口から出まかせの可能性もあり、やはり営業時間中に相談に来てくれと断固拒否すべきだったのだろう。だが、相手は大事な顧客の一人なのだという固定観念に邪魔され、強く出るのをためらってしまった。先日、自分の失言のせいで彼を傷つけた件も頭をよぎる。

「いえ、そ、そういうわけでは……」

口ごもる私に、藤原さまはけたけたと笑った。

『じゃあ、不具合直るまでこっち使うからね。またかけるね。そういうことで今後もヨロシクお願いしまーす。おやすみぃ、樋口さん』

その言葉を最後に、ぷつん、と通話が切れる。

何が起こってしまったのか理解が追いつかず、私は呆然と、画面の暗くなったスマホを見つめていた。使い慣れたはずのそれが、何か触れるのもおぞましいような、とてつもなく奇怪な物体に見えた。

＊

その一件を境に、藤原さまは私への態度を、がらりと一変させた。

早い話が、――妙に親しげになったのだ。お茶や食事に誘われたり、不必要な長電話で延々と話に付き合わされたり。さらには勤務後に待ち伏せをされ、家まで送るとしつこくつきまとわれたこともある。口調や態度も、以前よりも、ずっと横柄で居丈高になった。おそらく、それが本来の素なのだろう。

迷惑極まりなかったが、トラブルに会社を巻き込む踏ん切りはなかなかつかなかった。

なぜなら、最初にネットで嫌がらせにあった時に、穏便におさめると独断で決めたのも、それ以降の対応を誤ってしまったのも、私だからだ。また、藤原さまの行為は、客として度を越してこそいるが、犯罪ではない。

かつ、それらはどうやら、「自分に気があるくせに生意気な女に、お灸《きゆう》を据えてやる」という理由による行動らしいのだ。なぜ彼がそのようなエキセントリックな誤解をするに至ったのか皆目見当がつかず、いくら勘違いだとはねつけても「意地を張らなくてもいいんだよ」などと聞く耳を持ってくれない。

あれこれ逃げ口上を駆使して避け続けるのも、いい加減に限界がきて、さすがに会社を頼るべきでは――まさにそう判断しようとした日の夜、それは起きた。

残業で退社が遅くなった私は、ふと背後に視線を感じた。立ち止まって周囲を見回しても誰もいない。いくらなんでも過敏になりすぎか、と自嘲《じちよう》しつつ、その日はコンビニでこまごました買い物だけして帰った。

しかし翌朝、郵便受けを開けたとたん、中からばさばさと大量の何かがこぼれ出てきて、私は立ち竦《すく》んだ。単身世帯用の賃貸マンションの、狭いエントランスの床に模様よろしく無数に散らばる、四角い手のひら大の紙。正体は言うまでもない。すべて写真だ。

――帰宅中の私の後ろ姿。買い物をしている横顔。マンションの部屋に帰ってから、干しっぱなしだったシーツを取り込むために、下着同然の姿で慌ててベランダに出たところ。遠目だったり、ほぼ真下からの仰角《ぎょうかく》だったり、望遠レンズを使ったらしいアップだったり。何枚も、何枚も、何枚も何枚も何枚も。偏執《へんしつ》的なまでに撮られた枚数のそれらを、私はただ声もなく凝視していた。世界中の時間が、止まったような心地がした。

その中に一枚だけ、裏面に何かが黒く印字された写真があり、私はつい、拾い上げる。よせばよかった。そこには一言だけ、ゴシック体でこう書かれていた。

『女の子の一人暮らしか。住所とか氏名とか、またネットで公開されないといいね』

「……っひ」

気道を空気が逆流し、私は写真を取り落とした。私の手を離れたそれは、生き物のようにジグザグと空中を滑り、散らばったままの他の写真の群れに戻っていった。

＊

ここまでくれば、もう、お客さまだなんて言っていられない。警察に相談しなければ。いや、それよりもまず、所長に相談して、家族にも……。

「……ち、智香ちゃん……」

完全にパニックになった私の頭に、真っ先に浮かんだのは、頼りになる年上の友人の顔だった。そうだ、智香ちゃん。彼女なら状況を一番よく知っているし、何よりも、あのきっぷのいい声で、「大丈夫や、冴」の一言だけでも欲しかった。

写真の群れの中に立ち竦んだまま、私はぶるぶる震える指でスマホを取り出すと、縋《すが》るように指紋認証で起動させる。しかし、手もとがおぼつかなく、間違えて押してしまったのは、近くにあった検索エンジンのアプリだった。慌ててナビゲーションボタンを押そうとした指を止めたのは、トップに表示されたニュースの見出しだ。

『知人女性への執拗《しつよう》な嫌がらせ容疑で、三十代男性を逮捕』

痴情《ちじょう》のもつれが原因の事件らしいが、何より私の目を引いたのは、被害者と犯人の出会ったマッチングサイトの名前や、彼ら二人の関係まで、包み隠さず記載されてしまっていることだった。きっとあちこちにマスコミが押し寄せたのだろうと予想がつく。

各ニュース記事にはたくさんのコメントがぶら下がっていて、大半は犯人を咎《とが》めたり被害者に同情的だ。しかし、『そういうのを使う女にも原因がある』や『マッチングサイトが悪い。ユーザー管理がずさんだったのだろう』といった不たしかな憶測に基づく意見も、少なくない数が見受けられる。おまけに、彼らの家族に関する真偽不明の個人情報や、どこから漏れたのか、犯人どころか被害者のSNSのスクリーンショットまで飛び交い、惨《さん》憺《たん》たるありさまだった。

――これがもし、我が社で起きたら。

想像した途端、ぞっとした。

マスコミに所長が囲まれている光景が、脳裏にぱっとひらめく。ネット上では、何かがあった時点で、加害被害の別なく、あることないこと好き放題に囁かれるのは避けられまい。今は、そういう時代なのだ。ご登録いただいているお客さまにも迷惑がかかるし、新規のお客さまなんて、ガクンと数を減らすだろう。

上司にも同僚にも、心配をかけたくはない。ましてやお客さまとのトラブルが警察沙汰になって、会社が損害をこうむることになってしまったら――そう思うと、先ほど盗撮写真を見た時と同じくらい、足が竦んだ。もともと、自分のミスで招いた事態なのに……。

会社はきっと、私を守ってくれるだろう。

だからこそ、相談なんて、誰にもできるわけがない。

智香ちゃんにも言えない。彼女に限らず、一度でも漏らしてしまえば、おおごとになるのは避けられないから。

鼻の奥がつんとする。熱くなる目がしらを誤魔化すように、私はしゃがみこみ、散らばる写真をのろのろと掻き集め始めた。

どうにかしなければいけない。

でも、それはきっと、私が自分ですることなのだ。だって、私のせいなのだから……。

＊

それからも、藤原さまの私への異様な執着は、とどまることを知らなかった。

電話は毎日かかってくる。ＳＮＳにも長文のメッセージが送信されてくる。それらにすぐに応答しなければ、とんでもなく長時間、クレームで拘束される。なぜか直接受付に来ることが少ないのは、ありがたいようで不気味でもあった。顔がわからない、声や文字だけの情報では、彼が何を考えているのかわかりにくい。妖怪を相手にしているようだ。

もっとも、それらは藤原さまの仕業だと明確なぶん、まだマシだった。体裁としては送り主不明の隠し撮り写真は、もう段ボールいっぱいは溜まっただろうか。怨《うら》み言や脅迫じみたメッセージが同封されていることもある。きっと調査会社を使って住所を調べたのだろう、角度を変えて何枚も撮った実家の風景写真が交じっていた時など、吐き気がした。

毎日毎日、なにがしかの嫌がらせがある。かつ、日に日に数も種類も増えていくそれらは、順調に悪質化もしている。そのうち、部屋に入られて、盗聴器をしかけられたりするのかもしれない。いや、もうされているのかも。観察されていることが当たり前になる。背後ばかりが気にかかり、寝ても起きても、シャワーやトイレの時にまで、誰かの視線を感じてしまう。あるはずが、なくても。

かといって、誰にもバレるわけにもいかず、どうしようもない。危害を加えられたらと思うと、家族や友人と連絡をとることすら恐ろしくなり、ろくにできなくなった。スマホに触るだけで、藤原さまのことがフラッシュバックしてしまうせいもある。

——疲れていた。

ひどくひどく、疲れていた。何もかもが、嫌だった。

もう、考えること、そもそも毎朝起きて食事して動いてシャワーを浴びて眠るという、人としてごく当然の活動すら億劫《おっくう》で、私は少しずつ表情を失っていった。単純に、顔の筋肉を使う力も残っていないのだ。食欲は減り、パンやおにぎりどころか、ゼリー飲料すら喉を通らなくなった。

そして、時間さえあれば、——どうしてこんなことになったのか。どこで間違えたのか。どうすればよかったのか。何が正解だったのか。そういう、動かしようもない過去のことを、ぐるぐる、ぐるぐる、とりとめもなく考える。閉じ込められて心を病《や》んだライオンが檻《おり》の中を繰り返し巡る、常同行動のように。

るのだろう。

そして、その螺旋《らせん》の先はつまるところ、ぱっくりと口を開いた絶望と虚無に繋がってい

*

そうしてとうとう、九月になった。残暑に焼かれたアスファルトの上を、私はその日も、習性のように出勤した。

「……冴、やっぱりあんた、最近おかしいで」

「何が？　なんでもないって」

仕事の小休憩時間に、ぼんやりと顧客データのプリントを見るともなく眺めている私のもとにやってきた智香ちゃんが、もう何度目になるかわからない問いかけをくれる。それに私は、お決まりの返事をする。目許までどうにかする気力はない。口だけが、いびつに笑みの形をなぞる。

最初こそ、「そんな顔色で、なんでもないわけあるかいな！」と叱ってくれていた彼女も、私がどうあっても口を割らないことがわかり、もう何も尋ねなくなっている。今度も同じように、ため息をつきながら諦めてくれる――かと思いきや、その日は少し、様子が違っていた。

「そないに言いたないなら、言わんでええから……冴、これだけ見たってくれる？」

細く整えた眉をひそめ、智香ちゃんは私に一枚の紙きれを手渡した。誘われるようにのろのろと目を落とすと、それは、どこかの神社の紹介ページを印刷したものだった。

「？　何コレ……？」

ページが印刷に即していないのか、朱色の鳥居と古びた本殿の写真が見切れている。筆のようなフォントで仰々《ぎょうぎょう》しく書かれた神社の名前の下に、諸々のご利益《りやく》が書かれていた。縁切りと、縁結びが両方書いてある。切って結んでが同時にできるなんて便利なものだ。まじまじと紙に見入る私に、智香ちゃんはためらいがちに補足した。

「覚えとる？　……前に、あたしの彼氏が転職した時の話、しかけたことあるやんか」

きょとんと目を瞬《またた》いたあと、一拍置いて、「ああ」といつかのサシ呑みを思い出す。

「……ええと、田所さんの？　なんか、仕事辞める前に変な目に遭った、とかいう？」

「せや。で、その変な目っていうんがな……あいつの元上司が、とんでもないパワハラかますブタ野郎やったってのも、話したとおりやねんけど……」

そこからの智香ちゃんの話は、にわかには信じがたいものだった。当時の部下みんなで、面白半分にそのブタ上司を「死んでしまえ」と呪っていたら、なんと、彼が本当に殺されかける事件が起きたのだそうだ。おまけに、明らかに異常な状況で。

「なんでか、新聞沙汰にはならんかったそうやけど。……で、本題な。あいつの前おった会社、その縁切り神社のめっちゃ近くなんよ。ちょい歩けばすぐ着くとかいうレベルで」

「そんなに？」

「うん。ほんでそこ、願えばなんでも縁切ってくれるいうて、割と有名らしくて。誰それ死ねとか殺したいとか、怖い絵馬もめっちゃあんねんて」

なお、その神社の由来は、恋人との心中に失敗し、一人だけ死んでしまった女の人をお祀りしているとか。だから、とくに悩める女性の味方だともいわれている、と智香ちゃんは教えてくれた。

「まあ、そんなところのそばやから、そのブタ上司の歴代部下たちが発しとった怨念《おんねん》が、毎日どんどん蓄積してって、ついに爆発してもうたんかな……なぁんて、あいつが言うとったんや。酔った拍子のヨタ話かもしれん。嘘ついてる感じやなかったけどな」

「……」

願いでも、呪いでも。

――縁を切ることならば、何でも叶えてくれる神社、か。

私はゴクリと喉を鳴らした。

「智香ちゃん、なんで私にその話……」

「お客さまは神様や、って言うたことあるやん」

「？」

「理不尽には理不尽、神様には神様、祟りには祟り。ぶつけたれって思ったんや」

いまいち意図がつかめず、私が首を傾げると、智香ちゃんは顔をしかめた。

「だって冴、なんぼ訊いてもなぁんも話してくれへんのやもん。あんたがここんとこ悩んでるんって、どうせお客さま、ってか藤原さま関係やろ。せやから……気休めでも、ないよりマシや思うたんや」

「うん……ありがと……」

唇を子供っぽく尖らせる友人に頭《こうべ》を垂れ、私は紙を胸に押しつける。ひどく久しぶりに、自然と表情が緩むのを感じた。だがそれも、智香ちゃんの次なる宣告を聞くまでだ。

「てなわけで冴、明日、あんた会社休みやからな」

「……へ⁉　いや私、休みはまだのはずだけど⁉」

「ドアホ！　そんな顔色で仕事に来る奴がおるかいな！　ほんで、今日も強制的に半休決定や！　所長にはもう話を通してあるし、あたしだけの考えやない、みんな心配してんねんからな！　ええか、まず寝るんやで。あと、なんでもええから腹に入れるんやで！」

「ちょっと待ってよ、そんな勝手に……智香ちゃんってば⁉」

「問答無用！　帰れ言うたら帰れ」

あれよあれよというちに私は丸めこまれ、気づけば通勤用のバッグを片手に、会社の裏口からぽいっと放り出されていた。

＊

そんなこんなで、急遽《きゅうきょ》、一日半のお休みをいただいてしまった。いまいち実感の湧かないまま呆然と帰宅した私だが、ちょっとした休憩のつもりでベッドに腰かけた早々に、目を閉じた記憶すらなく意識が飛んでいた。たしかに、疲れが溜まっていたようだ。

そして、翌朝。当然予定もないので、私はさっそく、教えてもらった縁切り神社に向かうことにした。神様には神様、祟りには祟りという智香ちゃんの言葉が、妙にしっくりきたのだ。平たく言うと、それこそ神でも仏でも猫の手でも縋りたい気分だったのである。

降りるのは、にぎやかな観光地にほど近く、ふだん滅多に使わない駅だ。肝心の神社の所在地は、小さな路地が複雑に入り組んだあたりだと、紹介ページの地図にはあった。ゆえに壮絶な方向音痴《おんち》の私は、きっと道に迷うだろうと想定して、朝食も摂《と》らずに出たのだが、なぜか恐ろしくスムーズに着いてしまった。まるで、何者かに導かれたかのように。

果たして私は、気づいた時には、鮮やかな丹塗《にぬ》りの鳥居を見上げていた。シュッとひとすじ、白のクレヨンで描いたような飛行機雲が浮くコバルトブルーの空に、その赤はよく映《は》える。境内《けいだい》に植わった常緑のおかげか、空気すら心なしか爽《さわ》やかで瑞々《みずみず》しい。

「来ちゃった……」

智香ちゃんの情報では、いつもは参拝客が行列をつくるほどだという。が、平日だからか、境内はほとんど誰もおらず、しんと静まり返っていた。鳥居の前で申し訳程度に頭を下げ、私はおっかなびっくり神域に踏みこんでみる。石畳の上に散らばる小石が、白いスニーカーの下でさりりとかすかな音を立てた。

なお、家を出る前に、私は神社のことを自分でも検索してみた。願いごとは可能な限り詳細で具体的なほうがいいこと。参拝の仕方は普通の神社と変わらないこと。

とはいえ、そもそもその〝普通の参拝の正式なやり方〟とやらに不案内だったので、併せて調べてある。やれ詣《もう》でるのは午前中がいいとか、精進潔斎《しょうじんけっさい》、つまり水垢離《みずごり》や断食《だんじき》して臨めとか、いろいろなサイトに好き勝手書いてあったので、とりあえずできそうなものは片っ端から実践《じっせん》しておいた。神社入り口に必ずある手水舎《ちょうずや》では、手を洗うだけではなく口もゆすぐものだとは、恥ずかしながらこの時初めて知った。

手順に従って、本殿にお参りする。お賽銭《さいせん》の額は決めていた。私は財布から、道中のコンビニで下ろしておいた一万円札を摑み出すと、ためらいなく目の前の檜《ひのき》の箱に滑りこませた。勢いよく打ち鳴らしたかしわ手は、静かな境内に大きく響いた。

ちなみに、――どういうお願いごとの文言《もんごん》にしようかは、ひどく悩んだ。

そしてそれは、自分の仕事への向き合い方について、改めて考える機会にもなった。

私は、毒吐きサエちゃんだから、と。お客さまに快適に婚活をしていただくために、ひたすら毒を封じ込めようと腐心してきた。

でも、気づいたのだ。それは思考停止に他ならないのではないか、と。

お客さまに気持ちよく活動していただくことと、耳に痛いアドバイスでもちゃんと聞いていただくことは、決して対立しない。私は、たった二度ばかりの失敗で、自分には適切な強さの言葉が使えないのだと、勝手に諦めていた。それでは、駄目だ。

こんなダメな自分と縁を切りたい、――とは申しません。だって、成長とは私が自力でやらなくてはいけないこと。神様に頼っては、それこそ不誠実だろう。だから。

「藤原さま、いえ、藤原隆弘と、私との縁を切ってください」

声には出さず、強く強く、繰り返し念じる。

迷惑クレーマーから極大迷惑ストーカーにクラスチェンジした、あの藤原隆弘と私との間に、縁などというものがあるのなら。跡形なく断ち切ってください。暮らす世界ごと異次元に飛ばす勢いで、互いに互いの人生がねじれの位置に来るように調整してください。

そして。

「これは、私の未熟さが招いた事態だとわかっています。でも、今回ばかりは助けてください。あの人と縁を切って、心機一転、今度こそ私に、ちゃんと一人前の仲人としてやり直す機会をください」

毒吐きサエちゃんは、毒との付き合い方を、もっときちんと考えます。だから。

お願いします。……お願いします。

何度も何度も同じ文言を心に繰り返し、最後にもう一度、手を合わせたまま深く頭を下げる。

お参りを終えて境内を見回すと、社務所が目に入る。どきりとした。窓から、細おもてのきれいな巫女《みこ》さんが一人、ひっそりとこちらを見つめていたのだ。白い顔に、真っ黒な瞳と長い髪、そこに紅《あか》い唇だけ浮き上がったように鮮やかで、なんだか精巧な人形のようにすら見える。

私はおそるおそるそちらに行き、また万札を出して絵馬を買い求め、ついでにお守りや破魔矢《はまや》のたぐいを全種類制覇《せいは》した。繰り返すが全種類だ。心願成就や厄除《やくよ》けどころか縁結び、交通安全、果ては安産祈願や学業成就も含む。なぜって今日は、この神社に可能な限りの額の出資をすると決めていたので。

絵馬には、先ほど本殿で願った内容と一言一句たがわぬ文をこまごまと書きつけ、他の先輩絵馬と同じ場所に吊るす。神様から見えやすいように、一番目立つところに掲げた。ひょっとしたら藤原さま本人が今日も尾《つ》けてきているかもしれないが、構うものか。と、――そこで私はやっと、ここのところ毎日のように怯《おび》えていたあの不気味な視線のことを、ここに来るまですっかり忘れていたと気づいた。今も、きっといやしないだろう、と楽観的な気持ちでいる。我ながら、妙な感じだ。

わかっている。こんなことしたって、何も解決はしない。祈りなんて気休めだ。神頼みがいちいち効いてたまるか。全国に神社がいくつあると思っているんだ。願うだけで叶うんだったら、まずもって私は今ごろこんなところにいない。百も承知である。

しかし、ひととおりの参拝を済ませると、なんだか不思議な達成感に包まれた。そして、原因不明の安堵《あんど》にも。神様の前で、今度こそ諦めないと誓いを立てたからだろうか。

それだけでも価値がある――そう思うことにして、私はもう一度、赤い鳥居に向かって頭を下げ、縁切り神社をあとにした。

＊

「昨日、藤原さま来はったで」

参拝の翌朝、出社そうそう智香ちゃんから受けた報告に、私はぎゅっと心臓を摑まれたように竦み上がった。

「昨日⁉　いつ⁉」

藤原さま。その名前を聞くだけで、最近はもう、緊張で手のひらに嫌な汗が滲む。昨日ちょっとだけ気が楽になったのなんて、ほんの一過性のものだった。

もしや、智香ちゃんに何かしていったのでは――などと、一瞬のうちに最悪の想像までしてしまう私に対し、彼女はゆるい調子で人差し指を顎《あご》に当てている。

「なんや、閉める時間のえらいギリギリやってな……きまじめぇな顔で、『すぐに、どなたかとお見合いの申し込みできますか』って」

「……そうなの？」

当然といえばそうなのだが。

藤原さまの用件が、単なるお見合いのためだと知り、私はどっと肩の力が抜けた。

「ちなみに……私、呼ばれたりしてなかった？」

念のため慎重に確認をとる私に、彼女は首を振る。

「いんや、別に？　担当アドバイザーのあんたが不在でもええか、って最初に断り入れたら、『そうだと思った』みたいなこと言うてはったな。……なんやそれ、変やなとは思ったけど。まあ、あんたに構わず話を進めてくれってことやったから、所長とも相談して、適切そうな方見つくろうてご紹介したら、それで行ってくれって」

そうだと思った……ね。昨日の休みは突発的なものだったのに、どうして彼が私のスケジュールを把握しているのかということは、深く考えると精神衛生上悪そうだ。とりあえず、向こうからわざわざ避けてくださったのだと解釈しておく。

「ちなみに、紹介したんはな。ほら、この人や」

智香ちゃんが手渡してくれた資料には、ご紹介したという女性の顔写真をはじめ、釣り書き情報がプリントされている。栗《くり》色の前髪を眉の上でまっすぐ切りそろえ、白いブラウスに身を包んだ彼女は、おとなしそうで清楚な感じが、いかにも藤原さま好みだ。お名前は、小野《おの》千尋《ちひろ》さまとある。ご年齢は二十九。条件通りの年下だ。お住まいも藤原さまにほど近く、お仕事は派遣で生命保険の営業をされているらしい。

「先方は、藤原さまのことを、なんて?」

「釣り書き情報送ったら、一発オーケーやった。めっちゃすぐ返事来て、サクサク話も進んで、さっそく昨日のうちに会う運びになって」

「昨日のうちに⁉　……藤原さまがいらしたのって、夕方どころか受付終了時間ギリギリだったんだよね?」

「せやねん。小野さまも、こっちが電話してから秒で出て、ものの十分で来はったんやで。そのまますぐ意気投合して、ディナーデート直行やって。あたしら仲人なんて、付き添いに残業したん、ほんの一時間程度や。こんなことあんねんなぁ。ビックリしたわ」

「そっかぁ……」

それ以外の感想が出ず、私は釈然としないまま、自分の席に腰を下ろした。

タヌキに化かされたような心地だ。とはいえ顔を合わさずに済んだことは、ある意味、やっぱり縁切り神社が効いたのかもしれない。そう思っていた、矢先のこと。


「樋口さん、いますか!!」

その日の夕刻、またしても午後六時ギリギリに受付に飛び込んできた藤原さまに、私は内心飛び上がった。縁切り神社、ちょっと効き目が切れるのが早すぎじゃなかろうか。

最近は、じかに顔を合わせての嫌がらせは少なめだったとはいえ、彼が何をしてきたのか、こちらはすっかり知っているわけで。気まずいどころの話ではない。むしろ、よく私に会いに来る気になったものだ。神経の太さにいっそ感動する。

「藤原さま、ごぶさたしております……」

背中から、冷たい汗が噴き出す。だが、動揺を表に出すわけにはいかない。仲人の意地で、ぎこちなく引きつった笑みを浮かべる私の様子などおかまいなしに、彼はカウンターに勢いよく両手をつくと、こちらに身を乗り出すようにして叫んだ。

「聞いてください！　ベターラビットが見つかったんです!!」

「……はい？」

あっけにとられて黙りこむ私などおかまいなしに、彼はもどかしげに告げた。

「樋口さんは昨日休みだったから知らないかもですけど、こちらでご紹介いただいた新しい女性……千尋さんが、本当に本当に素敵な方でしてね！　美人で、可憐で、控えめで、若くて、聡明《そうめい》で話も楽しくて……それに優しい。そうです、ボク、あんなに優しい方に今まで出会ったことありません」

彼女のことを思い出しているのか、ほうっとため息をつく藤原さまに、私はただただ頷くしかない。たしか、似たような表現を園田さまにも使っていたような……とは、黙っておいた。藪をつついて蛇を出すことはないもので。

「この世の春はここにあったんだ！　ベターラビットどころか、彼女こそ真のベストラビット、つまりリアルラビット！　ボクは真実の愛を得ました!!」

なんのこっちゃ。

テンションが高すぎて、もはやちょっと何を言っているのかご自分でもよく理解していないだろう藤原さまに気圧されたまま、私は「さ、さようでございますか……」とおずおず頷いた。

しかし幸いかな、この勢いのおかげで、逆に私は少しずつ平静を取り戻してきていた。相手が自分を逆恨みして悪質なストーカーと化している事実を、できるだけ意識の外に追い出し、いつもどおりの応対をする余裕が出てきたのだ。

「それで、本日のご用件は……？」

営業スマイルを顔に張りつけ、私は尋ねた。自動受付ロボットにでもなりきるつもりで、声も裏返らないよう気をつける。純粋に疑問でもあった。なぜなら二度目以降のデートの約束は、基本的に利用者様ごとにお願いしているので、こちらを通す必要はないのだ。

そして、彼の返答は私の予想を軽く超えていた。

「あ、いえ。それで、千尋さんと交際に進むことになったので、とりあえず休会をお願いできたらって」

「……えっ」

「それで、きっとこのまま彼女と結婚もすることになるんじゃないかな。そんな予感がするんです。自分でもわかるんですよ、これはきっと、運命の出会いだって」

どこかの映画のような台詞を、恍惚《こうこつ》とした表情で呟く藤原さまに、私はあっけにとられたまま「はあ……」と間抜けな反応をしてしまったが、立て続けに彼が口にした台詞に、びくりと背筋が伸びた。

「せっかくの樋口さんの気持ちに応えられないのは悪いけど、神様に感謝ですね。ボクこの間、有名な縁結びの神社に行ってきたんですよ。もちろん一人寂しく、ですけど」

「縁結びの神社……?」

樋口さんの気持ち云々《うんぬん》の部分はもう意図的に聞き流すことにして、思わず問い返してしまう。そこでやっと、彼が最初に提出したプロフィールの趣味欄に『古都散策や神社仏閣めぐり』と書いていたのを思い出した。

「あ、はい。友達が教えてくれたんですよ。そこ、縁切りと縁結びがいっしょになってる神社でね。有名なのは、どっちかというと縁切りのほうらしいんですけど。ま、ボクは今、切れて困る縁はないわけだし、別にいいかなあって。なかなかよかったですよ。あのへん、観光地で賑わってるから、境内だけ浮き上がったみたいに静かなのが荘厳《そうごん》な感じで」

「……!」

その言葉を聞いて、思わず、全身の毛孔《けあな》がブワリと開く。「ちなみにどこの」と尋ねる気にはなれなかった。ただ、「同じところだ」という確信だけがあった。

　プロフィールのことを失念していたのはあまりに迂闊だった。タイミングが悪ければ、行きあっていたかもしれない。いや、それ以前に、あの絵馬を見られるだけで、どんなことになっていたか。

　今日は心臓に悪いことばかりだ。馬鹿なことをしてしまったと内心で悔いる私の前で、彼はどこか夢見心地で続けた。

「だからきっと彼女には、神様が出会わせてくれたんだと思うんです……いやあ、実はね。あまりに婚活が行き詰まっているもんで、つい、お願いごとを絵馬に書いてきたんですよ。『どうか、ボクにふさわしい運命を授けてください。自分にぴったりの女性と、すぐ一緒になれますように』ってね」

「……それは素敵ですね」

　口の中がカラカラに渇く。でも、私は表に出さずに微笑んだ。そして、汗でぬるつく指をごまかすように、カウンターの下から休会関係の書類を出す。

「休会理由のところは、『交際開始』にチェックしていただければと。そのままご成婚に至る場合は、退会届を改めてご提出していただくことになりますが……」

「ええ、ええ、もちろんです！　なんでも何枚でも書きますよ！　たぶん、そう遠くない未来にね！」

相変わらず、刻みこむような筆圧で書類一式を仕上げると、彼は「おっと、もうこんな時間だ」とわざとらしく時計を見る。

「今日もこれからデートなんです！　樋口さん、ごめんね」

「は、はい。さようでございましたか」

そこで謝る必要なんて一切ないんだけど……と思いつつ、うきうきとペンを置いて席を立つ彼を、そのままなにげなく見送りかけ、私ははっと我に返った。

「藤原さま！」

背を向けられたところで呼びとめたのは、仲人の習性というか、意地だった。

「素敵な方が見つかり、おめでとうございます。末永くお幸せに過ごされますよう、わたくしども一同お祈りしております」

本来は成婚に至った時の台詞なのだけれど——頭を下げる私を、藤原さまはしばらくぽかんとしたように見守っていたが。

「当然でしょう！　じゃあ、樋口さんも頑張ってくださいね」

やがて、調子よくそんなことを口にすると、彼はさっそうと去っていった。私はといえば、先ほどまで、ここのところ悩まされていた粘着ストーカー当人と会話していたとの実感が湧かず、ボンヤリというか、にわかに信じがたい気分だった。

やがて、じわじわと安堵が胸に押し寄せる。

どさり。思わず腰を抜かすように椅子に尻もちをついた私のもとに、「冴⁉」と智香ちゃんが慌てて駆け寄ってきてくれた。

＊

かくして。

藤原さまによる、私へのストーキング行為は、それ以降、嘘のようにピタリと止んだ。

もしも今後、万一にも警察のお世話になることがあれば……と、段ボールひと箱分の盗撮写真や陰湿なメッセージ、通話記録のスクリーンショットなどは、すべて証拠に残してあるが、不思議と使わないだろうという気がしていた。

なお、念のため、小野さまの情報も少し調べてみた。登録自体は一年前。その間、何度か交際による休会はあるものの、いずれも短期で戻ってきてしまっている。今回もひょっとして……？　と一瞬心配したものの、どちらからも復帰申請はない。では、うまくいっているのだろう、本当に成婚退会も秒読みかも、などと、私は都合よく解釈した。

藤原さまは正直、厄介なお客さまだった。神というなら祟り神だ。

けれど、私の知らないところで、そっと幸せに暮らしてくれるぶんには、願ってもいない話だ。さらにこのまま一生会わずに終わってくれれば、もう、まったくもって構わない。

そして、私の祈りが通じたように、藤原さまは戻ってこなかった。もう悩まされずに済むだろうと、結論を出すのは早計かもしれない。が、彼が縁結びの神様に願ったとおりの、まさに自分にぴったりの女性と出会えたのだと思うと、妙に納得できた。

喉元過ぎれば熱さを忘れるとはよく言ったもので、かれこれひと月も経てば、私もすっかりとあの悪夢のような日々を忘れてしまっていた。まるで台風一過の空のような穏やかさを謳歌《おうか》しつつ、あれはなんだったんだろう、と、こうして他人事《ひとごと》のように思い出す程度だ。


——長い回想を終え、私はため息をついた。

そうして、気づけばもう秋も半ばである。街路樹のカエデやイチョウは鮮やかな彩《いろど》りをまとい、日中ですら夏の暑さを思い出せないほど涼しくなった。

考えてみれば、藤原さまが受付にフラフラとやってきたのも、半年前の、似たような気候の頃である。短期間で、なかなか波乱万丈な経験をさせていただいたものだ。

しかし結局、私は辞めずにここに残り、同じようにカウンターに座って、ガラス製の自動ドア越しに、茜色《あかね》に染まりつつある空を見上げている。おまけに今日は、始終閑古鳥が鳴いており、いつかの春の日もこうだったな……などと、とりとめもなく感慨に浸っていた私の前に、ふと影がさした。

「冴ちゃん、ちょっとイイ？」

いつの間に入ってきていたのだろう。

カウンターの前には、中井さまが立っていた。

「は、はい！　失礼いたしました」

中年問題児の彼は、今日も今日とて、やせぎすな身体に派手な柄もののシャツ、キャメルブラウンのジャケット、ダメージドのブラックデニムを合わせて、じゃらじゃらとシルバーアクセサリーをあれこれ絡ませている。顎の無精ひげも相変わらずだ。なお、年下の女性を、お見合い相手、仲人問わず下の名前に「ちゃん」付けで呼ぶのは、彼のポリシーらしい。

「ペアリングのお申し込みですか？」

中井さまは通常の婚活に飽きたのか、最近はなぜか性別問わずアドバイザーをとっかえひっかえしている。今月に入ってからの担当は私だった。てっきり事務的な用事だと思った私が申し出ると、中井さまはにやにやと笑って片手を振った。

「いや、いいよ。ってか、きみに頼んだところで素直にお見合いさせてもらえるの？　この間、暇だからテキトーに可愛い子見つくろってよって言ったら、『うちは真剣に結婚を考えている人のための場所なので、遊び相手を探したいだけなら他を当たってください』ってバッサリだったじゃん」

「はい。事実ですので。中途半端なお気持ちで活動をされると、お相手になる方にも失礼です」

ここのところ、無理に笑顔で取り繕《つくろ》うのは一切やめたので、素の無表情のまま深く頷く私に、「冴ちゃん、なんか変わったよねぇ。イイよイイよ。前より厳しくてキレッキレだけど、こっちのためにならないことは言わないし。不思議と気持ちいーわ」と中井さまは堪《こた》えた様子もなくケラケラ笑った。私としては、そんなことよりちゃんと反省していただきたいのだが。

しかし彼は、そこで意外な言葉を続けた。

「今日は申し込みじゃなくてね。ちょっと、冴ちゃんに訊いてみたいことがあって」

「……わたくしに……ですか？」

なんでまた。ぽかんとする私に、中井さまはニッと口許を歪めて髪を撫でつけた。仕草がいちいち気どっているのは癖なのだろう。

「聞いたよ、藤原クンのこと。千尋ちゃんと付き合いだしたって?」

「え?　どうしてそれを」

思わず口を滑らせて、しまったと口を押さえる。

しかし、解せない。なにせ、お客さま同士の情報は極秘だ。藤原さまのお名前はもちろん、小野さまとの交際のことなんて、中井さまがご存じのわけがないのに——と混乱していると、「あっ、気にしなくていいよ、もともと知ってただけだから。この間ね、腕組んでデートしてるところに行きあって。わざわざ向こうから挨拶して教えてくれたのさ」と彼は肩を竦めてみせた。

そういえば中井さま、モテ技術を藤原さまに伝授したこともあったっけ……。藤原さまは、ベストラビットの園田さまに振られる直接の原因を作った中井さまを怨んでいるとばかり思っていたが、不思議と交流があったらしい。

「千尋ちゃんとはオレもお見合いしたことあるけど、あのコ、ちょっとコワいなって思って逃げちゃった。そっかー、今は藤原クンのとこに行ったかぁ……って、面白くなっちゃってさあ。まあ、ね。そっかぁ……へー、ふーん」

「怖い、……でございますか？」

　意味深長な言葉とともに顎の無精ひげを撫でる中井さまに、私は目をしばたたいた。写真で見る限り、清楚でおとなしそうな、いかにも藤原さま好みの方だったはずだ。彼女のアドバイザー担当にも確認したが、性格は、おおむね第一印象と外れていないというし。

「まあ、藤原クンならおあつらえ向きなのかなあ。ある意味ピッタリ？　的な？」

　しかし、私のオウム返しな質問には答えず、中井さまは、なにやらしきりと一人で得心している。……「的な」とおっしゃいましても。またしても「？」を飛ばす私に、彼はさらに不可思議なことを告げた。

「だって藤原クンってさあ、ちょっと蜘蛛《くも》っぽいとこあったじゃん」

「クモ……？」

　どちらかというとイモだと思っていた。外見的な意味で。

　相変わらず非常に失礼なことを考えてしまい、藤原さまとのトラブルだって、自分のそういうところが招いた事態だっただろう！　と慌てて首を振る。そんな私に、中井さまは続けた。

「割と根が粘着質で、草食系みたいな見た目しといて、がっつきが強いというか。なかなか自主的には動かないのに、思い通りの獲物が偶然網にかかったら、サーッと一直線に襲いかかるじゃない。そういうところが、蜘蛛」

あ、……なるほど。なかなか言い得て妙、かもしれない。

とはいえ断じて頷くわけにはいかないので、「さあ、なんとも……」とあいまいに笑って誤魔化そうとすると、中井さまはさらに続けた。

「でさぁ、オレから見たら、千尋ちゃんも蜘蛛なわけ」

「はい？　……小野さまが、蜘蛛？」

「むしろ女郎《じょろう》蜘蛛？　ってわかる？　ホラあの、黄色と黒のシマシマの、でっかいやつ。家の軒《のき》先とかに巣をかけてる……」

「いえ、女郎蜘蛛は存じておりますが……どういう意味でしょうか？」

中井さまは、不思議なことを言う。思わず、素で問い返す私に、彼は得意げに語った。

「もうね、あの子は絶対、網に引っかかった男を逃がさないの。嫉妬深くてさぁ、束縛気質で。彼女とオレが会った時の話していい？　まだ数度しか会ってないってのに、他の女と連絡とってるどころか、アドレスがスマホに入ってるだけでヒスられんの。で、〝ずっと一緒にいたい〟とか〝あなたと本当にひとつになれたら幸せ〟とか延々言ってくんの」

さらには、話してもいないはずの勤め先を突き止めて電話をかけてきたり、会社の前で待ち伏せをされたり、なんてことまであったらしい。そして、彼が他のお見合い相手と会おうものなら、嫌がらせをしたり、デートの邪魔をしたり、その行動は常軌を逸していたという。なんともどこかで聞いたような、……というか、むしろ身に覚えのある話だ。

でも、小野さまが？　……本当に？

武勇伝のごとく「距離を置くまで大変だったよ」と語る中井さまの話と、写真で見た小野さまの印象が合致せず、私はつい、半信半疑の目を向けてしまった。

「怖いったらなんの。捕まったら、食べられちゃうかもってことで、女郎蜘蛛ちゃん」

「えっ、食べられ……？」

「ヤだな、たとえ話だってばぁ！　女郎蜘蛛って、オスよりメスのがデカいって聞くし。そんだけ。あははっ」

中井さまは、「けどま、話が確認できてよかったよ」と満足そうに笑うと、椅子を引いて立ち上がった。

「あの、本当にお見合いは……」

まだ雑談しかしていない。慌てて引きとめる私に、「いーっていーって！　興味本位で来ただけだからさぁ！」と一笑し、中井さまはロビーを出て行ってしまった。自動ドアを通る後ろ姿を、私は呆然と見送るしかない。

――なんだったんだろう。

しかし、彼の話は、胸のあたりに、妙にもぞもぞとしたわだかまりを残した。

藤原さまが、蜘蛛。そして小野さまも。おまけに、女郎蜘蛛。それらのたとえ話が果たしてどこまで的を射たものか、私にはもちろん判断がつかない。

だが、たとえば――そのとおりだったとして。

藤原さまは、あの神社で『ボクにふさわしい運命を授けてください』と願ったそうだ。『自分にぴったりの女性と、すぐ一緒になれますように』とも。私と同じように、絵馬まで書いて。

あの神社について調べた時、「くれぐれも、できるだけ詳細に願いごとをするように」と、さまざまなところで忠告されていた。

たとえば、彼が。

神様に……願いごとを、前半と後半でバラバラに捉えられてしまっていたとすれば？

前半については。自らの所業を省《かえり》みることもなく、逆恨みや勘違いから私にストーキング行為までしていた藤原さまに、ふさわしい『運命』って、なんだろうか。

そして、後半。神様によって引き合わされた女性も、彼と同じく、蜘蛛のような人だったとすれば。

女郎蜘蛛のメスは、――交接したオスの蜘蛛を、用が済むと殺して食べることがある。

なおかつ私は、『藤原さまと一生関わり合いにならないようにしてくれ』と頼んでしまった。すべての願いを合わせると、どういう答えが出るのか……。

——神様ってさぁ。祟るやんか。

前に聞いた智香ちゃんの言葉が、急に胸に甦った。

そうだ。神は、祟る。それも、あの神様はもともと、正しくはその昔、ともに心中するはずだった男に裏切られた女の人だという。藤原さまが女性全般を下に見て、侮《あなど》っているのは明白だ。その性根が神様の気に障ったのなら、何が起きるのか。

それ以上踏み込むと、まずい。ひどく嫌な予感がして、私は慌てて雑念を払った。

まあ、ご利益なんていっても、結局は単なるタイミングのいたずらなのだろう。いや、「だろう」も何も、確実にそうだ。なんにせよ、私も藤原さまも、うまい具合にお互いの望みが叶ったというだけのこと。うん、……よかったよかった。あまりに奇遇がすぎるので、お礼参りくらいは、したほうがいいかもしれないけど……。

中井さまの話は気がかりだが、何もないうちから気にするだけ、取り越し苦労になるだろう。そう結論づけた私は、受付を閉める準備を始めた。

＊

ふさわしい運命と、ぴったりの女性。そして、藤原さまとの縁切り。

それらの一連の願いを受けた縁切り神社の神様が、どういう判断を下したのか。結末を私が知るのは、中井さまに話を聞いてから、しばらく経った頃だった。

朝の電車内でスマホを見ていた私は、ふと、いつかのように、検索エンジンの掲出する険呑《けんのん》な見出しに目を留めた。

それは、とある男性が自宅マンションの室内でめった刺しにされ、救急搬送《はんそう》された、という事件のニュース記事だった。凶器は、自宅内の包丁。

血まみれで玄関から脱出しようとした男性は、背中と肩をさらに切りつけられたらしく、身体が一部欠損しており、意識不明の重体。なおかつ、犯人はそのまま逃走中……。

怖いことがあるもんだなと、ありがちな感想で済ませかけたところで、目を見開く。問題は、被害者の名前だった。

『藤原隆弘さん』

時間が、凍った気がした。

二度見する。

藤原隆弘。いくら読んでも、そこに書いてあるのは同じ文字列だ。かっこ書きで添えられた年齢は、三十五歳。同姓同名の別人の可能性は、限りなく低い。その続きの、ニュース記事の淡白な文章を、私は舐めるように読み返していた。何度も、何度も……。

『なお、被害者が交際していた女性が現在行方不明となっており、事情を知っているものと見て、警察が行方を追っています……』

「……」

——その途端。

ぷしゅうっと音を立てて、電車が止まった。

呆然としたまま、スマホから視線を上げた私は、ドアのガラス越しに、線路を挟んだ駅のホームを見た。

灰色のコンクリート。鉄筋の柱。プレハブ風の庇《ひさし》の下から伸びるように、きらりと光るものがある。

蜘蛛の巣だった。

太陽の光を反射する透明な網の上。黄色と黒の縞《しま》模様の大きな女郎蜘蛛が、むしゃむしゃと、無心に何かを貪《むさぼ》っている。

距離があるはずなのに、いやにはっきりと目に映る光景を、私は声もなく見守った。

そのうち、がたんと大きく音を立てて、再び電車が走り始めた。女郎蜘蛛は遠ざかり、すぐに見えなくなってしまった。

コールセンター

はじめまして！　あっ、どうぞどうぞ、まずはそっちに座ってください。

緊張してらっしゃる？　コールセンターのお仕事、初めてなんですか？　なるほど、本業は研究職でいらっしゃるんですね。

あー……薄給で大変、ですか。そうですね。私の友達にも大学で講師をやっている子がいまして。前に会った時、たしかに、バイトをいくつもかけもちしないと、なかなか生活が苦しいとこぼしていましたね。

そうそう、名乗るのをスッカリ忘れていました。私、ここのチーフで前野《まえの》っていいます。前野久美子《くみこ》。これからよろしくお願いしますね。

え？　年齢ですか？　アハハ訊《き》いちゃいます？　今年で三十八です。勤続年数？　実は一番の古株なんですよ。なにせ七年もいますから。派遣でね、主婦業のかたわらちょうどいいんです。残業もないし。

それで、業務内容なんですけど……研修で習ったことの繰り返しになっちゃいますが、念のため。ここの仕事は、インバウンド専門のコールセンター。要するに、お客さまから電話でご意見をうかがったり、質問にお答えするところです。『お客さまサポートセンター』の名前どおりですね。アウトバウンドの部署は営業に併設で別途あるんで、個人情報をご登録いただいているお客さまに、こちらから積極的におかけすることは基本まずないですよ。

よく訊かれる質問集は、ごらんのとおり、ここの棚にファイルがぎっしり詰まってます。特によく尋《たず》ねられる内容は、そこに挟んであるペーパーですね。こっちは対応マニュアル。あと、ご質問やご意見をいただいた内容の記録は、こっちの共有ファイルに入れていくことになっているんです。書き方は、他のを見れば大丈夫。中身さえわかれば、簡単なメモ程度でいいですよ。

……なるほど、接客のお仕事もあまり経験がない、と。やだなあ、そんなに構えなくても大丈夫ですよ。

え？　ここの仕事のコツ……ですか？

それこそマニュアルっぽくなっちゃうけど、やっぱり傾聴と、共感と、……あと感謝ですかね。まず、先方がわざわざこちらにお電話をくださった原因に、謙虚に向き合うこと。その皆さまと、同じところに立つこと。もちろん、いろいろなことをおっしゃる方がいますが、……最後にはどなたに対しても「貴重なご意見ありがとうございます」の姿勢を忘れないことかな。それさえ守っていれば、どんな質問でも、できるだけ迅速《じんそく》に答えようと思えるし、お怒りのお電話にも真摯《しんし》に耳を傾けられるってもんです。

え？　……クレーム、ですか？

そうですねえ。はい、……ええ、来ますよ。それなりには。ちょっと怖い？　アハハハ、大丈夫ですってば。そういうの、だいたい内容って決まってますし。ああでも、相手によっては臨機応変に電話の音のボリュームは調節したほうがいいかな。いきなり怒鳴る方も結構いるんでね、あんまり大きくしとくと、こっちの耳がやられちゃう。逆に囁《ささや》くような小声で話す方もいるから、ほんと、場合によりけり、だけど。

　ああ、固定の迷惑クレーマーがいるかって？

……はい。いますよ！　うん。いますいます。

え、数？　う－ん、一日がかりで電話巡礼ツアーが組めるくらいかな。といっても本当におヤバいのは絞られてきますが。うちから新商品が出るたびに、わざわざかけてきて、ねちねち言っていかれるタイプの方とかね。

　そういう時はどうするか？　ええと……まあ、担当部署に引き継いでしまう前に、うちでストップかけるのが我が社の方針なんで。向こうが切る気になるまで、とにかく耳を傾けて、ご納得いただけるまでお付き合いしますね。

　各部署に引き継がなくなった理由？　ええっと、なんでも、過去に「おためしで使ってやるから、送料込みの激安価格で新商品を送れ。使いたいけど定価は高くてとても買えないし、どうせサンプルなんてゴミになるんだろ」って開発部でゴネたり、もっとひどいのだと、「納得してからお金を払いたいから、まず商品を先に送れ。気に入らなかったら裁判を起こすことになる」と営業部に脅しをかけてくるお客さまがいたらしくて。もう各部署では一切対応をしないってことになったんですって。社内ロビーに乗りこんできて、謎のビラをまかれたりもしたとか。世の中、変なことを考える方がいるもんですよねえ。

ですので、まあ、うちはそういう仕事ですから。しょうがないですね。諦《あきら》めるしか。その、迷惑クレーマーに絞った想定問答はこれです。でも、あんまり対応に困る時は、遠慮せずにこっちにヘルプサイン出してください。できるだけ私が出ますから。

クレーマーがどんな人かって……。うーん。難しい質問ですね。固定の迷惑クレーマーの方は、基本的に名乗りませんしね。言っても偽名だったりしますから。当社に個人的な恨みがある場合も、あるにはあるけれど。基本的には、まったく違うところでため込んだ怒りを、なぜかうちで発散していく場合が多い、かな。なんでそんなことわかるのかって？　勘もありますけど、ご自身でストレスの要因を一緒に愚痴《ぐち》る方もいらっしゃるし。それでかな。

最長で何時間くらい粘られたかって？

私の場合ですけど、四時間です。で、いったん切って、さらに追加でまた二時間っていうのが、今のところ自己最長記録です。いまだにこれは更新されたことはないから大丈夫。

ちなみに男性のお声でしたね。内容ですか？　途中までは、普通に当社商品への苦言だったんですけれど。私の声が似ていたとかで、その方の息子さんのお嫁さんへの鬱憤《うっぷん》をいろいろ思い出しちゃったみたいで。「お前みたいな若いのが、アタマ空っぽのくせに生意気だから」云々《うんぬん》って、途中からぜんぜん違う話になりましたね。もちろん全部聞きましたよ。もうだいぶ前です。五年くらいかな。

他に、ぶっとんでた内容のクレームだと……そうですね、通販の発注がとおっているかという質問なのに、名前を絶対言いたくない、それどころか注文コードも言いたくないという方がいましたね。住所も電話番号もです。それでどうやって調べるのって訊き返したら、「こっちは電話かけてるんだから、あんたんところでわからないの⁉」とお怒りでした。無茶言うなって感じですね。私はエスパーかよと。あは。

あと、地味に気味が悪いのが、「この商品のアイデアは自分が考えたものなのに、勝手にパクって使いやがったな」という内容の電話かな。男女ともに、たまにあります。「以前、おたくの会社宛《あて》にアイデアを提出したこともあるから間違いない、それで儲《もう》けてるなら使用料を払え」みたいにゴネるわけですね。……え？　本当にパクリなのかって？　まさか。当社の開発チームの発案者だってわかっているもので、おまけにそのお客さまが電話で挙げたアイデアの提出先は、同業の他社でした。でも、そういう理屈を順序だてて説明してもダメなんです。だんだん思い出してきた。あれはすごかった。結構ね、おおごとになったなあって。

他にも、同業他社といえば、某《ぼう》社製品の愚痴をえんえんと聞かされるケースとか。そっちのは使い心地が悪いとか、客想いじゃないとか、クレームの電話を入れた時の客への対応が気に入らないとか、カタログのつくりが不親切だとか。何言われても、そもそもうちじゃないし、どうしろと……って感じなんですけどねえ。やんわり申し上げたら、「同じ業種だから、おたくがどうにかするのが筋だろ」ってお叱りを受けましたね。そりゃどこの筋だよって思いましたよね。

商品の効果が百パーセント保証できるって、自宅まで出向いて私の名前で一筆書けっておっしゃる方とかもいたなあ。他には、ホームページに記載している当社の運営方針についての苦情まで。しかも開始数分で社会情勢の愚痴になって「なにもかも政治が悪い。そして、この国が安定しないのは、お前みたいないい加減なやつがいるからだ」とミラクルな理論を展開されたこともありました。国を変える力があるなんて私スゴーイって返しそうになりましたよ。踏みとどまりましたけど。ある意味、楽しかったですよ。しまいには「宇宙に空気がないのはお前のせいだ」みたいなことも言われたような……顔色悪いですけど、話、続けても平気ですか？

って、何の話ですっけ、脱線しすぎて……。

ああ。大事なこと言うの忘れてた。

ここのところ、よくかけてくる特定クレーマーの方がいるんです。

先方が名乗られているのは「ヤマダ」様というお名前です。お声は、割とご年配と思《おぼ》しき男性でね。いつも、出だしは静かなんですけど、ヒートアップしてからはものすごく声が大きいので、冒頭の「ちょっと？　ヤマダですが？」がきたら、まず音量を下げて、何も考えず心を無にして私に振ってください。いっそインカムごと引きむしるほうがいいかな。タイミングがほんの少しでも遅れると、鼓膜に惨事《さんじ》が起きますから気をつけて。慣れてきてからはともかく、コールセンター勤務初日でいきなり彼に対応するのは、結構大変だと思います。もう、半月くらい、ずっと毎日のようにかけていらっしゃるんですよ。よっぽどお時間がおありなんでしょうね。うらやましいなあ。

先方がおっしゃるには、なんでも、最初にうちでお電話を受けた時の対応が気に入らなかったんですって。その担当の子は、あなたと入れ違いにもう退職しているんですけれど。怨《うら》みが晴れないようで、ずっと執着なさっているんですよね。今日も、そろそろかかってくる頃あいだと思います。一度聞けばすぐわかりますよ。大丈夫、大丈夫。アハハ。

……ヤマダ様から電話が来たら、後学のために近くで聴いておきたい？

はあ、はい。面白いことを考えるんですね。

かまいませんよ。じゃあ、お電話が来た時、もしお手すきのようなら呼びますね。小さめの音でしか無理ですけど、スピーカーモードにしますから。

＊

はい。お電話ありがとうございます。株式会社〝……〟お客さまサポートセンターです。わたくし前野が承《うけたまわ》ります。

ヤマダ様でいらっしゃいますね。いつもお電話ありがとうございます。どのようなことでお困りですか。

……いつも、は余計、でございますか？

いいえ、ヤマダ様には、平素より貴重なご意見をいただいておりますので。スタッフ一同、勉強させていただいております。

はい。……はい。

なるほど。新聞をお読みになって、かけていらっしゃったんですね。

はい。……はい。はい。

同業の、〝――〟社さんの商品と。弊社の商品がよく似ていると。

あちらのほうが、数日先に発売をしている。……はい。だからこれは、アイデアの盗用ではないか、と。そのようなご質問でお間違いございませんか?

ご質問の商品ですが、商品の開発自体は、二年前からスタートしておりまして。口ではなんとでも言える、証拠を出せ、……でございますか? かしこまりました。弊社ホームページで、企画スタートの日付をご確認いただけます。もしよろしければ、スマートフォンをお持ちでしたら、簡単に検索方法を……ああ、ご不要でいらっしゃいますか。大変失礼いたしました。

それで、弊社商品の開発スタートの発表時期と、ヤマダ様ご指摘の、他社さんの新商品情報のプレスリリースの日付を比較していただきますと、弊社の発表のほうが若干《じゃっかん》早いんですね。ですので、申し訳ございませんが、ご指摘の点に関しましては、そういうことになります。

ええと、……『なら、そっちの商品のほうが先に発売していないとおかしい。ノロマすぎる』でございますか。ご指摘いたみいります。

……はい。はい。ええ。ですから、申し上げましたとおり、アイデアの盗用ではございません。ご了承くださいませ。はい。

弊社商品を使い始めてから、体調が崩れがちになった、と。ああ……いえ、笑ってなどおりません。急に話が変わったものですから。

　では、失礼ですが、商品名を教えていただいてもよろしいでしょうか？　なるほど。商品名はおわかりにならない。通販でのご利用ですか？　ご購入の年月日や……はい。『そんなことといちいち覚えてられるか』、でございますか。

　申し訳ございません。ちょっと、商品名がわからないと、こちらでもお調べのしようがございませんもので……。『そんなこと、そっちで調べられるだろう』ですか。いえ、残念ながら、今のところヤマダ様からご提示いただいた内容は、「弊社製品である」という一点のみでございます。さすがにお調べするのは難しく……。ええ。大変申し訳ございません。

　はい。わたくしの「申し訳ございません」のイントネーションが気に入らない、……でございますか。

　はい。……はい。

　なるほど。「はい」のタイミングが気に入らない。それは、大変失礼いたしました。

　……わたくしの「失礼いたしました」を聞くと、気分が悪くなる、でございますか。

　それで、『お前の謝罪は謝罪じゃない』、なるほど。『うちの部下だったら怒鳴り散らしているところだ』……はい。ああ、はいと申し上げてはいけませんでしたね。大変失礼いたしました。これも禁句でしたか。ご安心ください、怒鳴り散らしているおつもりではなくとも、ヤマダ様のお声は十分大きくていらっしゃいますよ。

え？　……『いい加減にしろ！　その言い方はなんだ、客を馬鹿《ばか》にしているのか』？

いいえ、まさか！　ヤマダ様には、こうして貴重なご意見をいただいているわけですから。スタッフ一同感謝しております。

上役を呼べ。お前では力不足だ、……でございますか。

失礼ながら、わたくし前野がこちらのチーフを任されておりまして。いえ。各部署に直接お繋ぎすることは、いたしかねます。ええ。残念ながら。

わたくしの対応で、非常に気分が悪くなったので、商品代金を返せ、でございますか。返品のお申し入れではなく？　ああ、商品はすでにお使いなのですね。

申し訳ございませんが、そういったことはいたしかねます。

やっぱり上役を出せ、と。

先ほども申し上げましたが、いたしかねます。

……ご質問は、『客の期待に応《こた》えることもできないくせに、申し訳ございませんの一言もないのか』ですね？

失礼ながら、……「はい」と「申し訳ございません」は、先ほどヤマダ様のご気分を害するとうかがいましたので、あまり使わないよう心がけております。『だったら、失礼ながら、はいいのか⁉』ですか？　そうですね、「失礼いたしました」はそのように伺《うかが》いましたが、「失礼ながら」はお聞きしておりませんので。お間違いございませんか？　なるほど、『いちいち言葉尻をあげつらうな』と。いえ、できるだけご期待に添いたいと考えておりますもので。

……『だとしても、返事や謝罪の言葉が一切ないのは気に障《さわ》る』で、ございますか？　そういうことでしたら、ヤマダ様のほうでご希望の言葉があれば対応させていただきますが、……よろしいですか？　あの？　ヤマダ様？　いかがいたしましょう？　どのようにお答えいたしますか、ヤマダ様？　少々お電話が遠いようですが。

……えっ。『かたじけない』ですか？　かしこまりました。以後そのようにいたします。かたじけのうございます。

ここまでで、ヤマダ様のご質問の内容を総合しますと。弊社商品をお使いになられてから体調を崩したが、どの商品かはわからない。ご住所や注文日時、注文番号も同じくわからない。それと、電話対応時の、わたくし前野の返事は「かたじけのうございます」一択にしてほしい。以上二点でお間違いございませんか？

……『お前と話していると疲れる』、ですか。それは、かたじけのうございます。『疲れるから慰謝料を要求したい』はいたしかねます。話の先を勝手に読むなと。これはかたじけのうございます。

なるほど。……なるほど。

話をしながらメモを取っていたら。わたくしの対応の不備が気になって、大事なボールペンを破損した。なるほど。『お前のせいなんだから、そのぶんくらいは弁償《べんしょう》してもらわなければ困る』……と、『せめて、お詫《わ》びの品のセットを送るべき』……。

それは大変な失礼、……ではなく、かたじけのうございます。

残念に思われるお気持ちはわかりますよ。

ヤマダ様の娘さんがくださったという、大切なボールペンですもんね。

プレゼントを娘さんからもらうなんて、たしかに滅多にないことですし。わたくしにも子供がおりますから、年頃になったとたん煙たがられ、それどころかバイ菌扱いされる気持ちは痛いほどに。小さい頃は、あんなに懐いてくれていましたのにねえ。でも、いい娘さんですよね。

……『娘のこともボールペンのことも話してないのに』？　『なんで知っているんだ』？

なんで、と申しますか。少々お待ちください……そんな大きなお声を出されなくても。

いえいえ。ご体調に障りますよ。なんらかの弊社製品のせいで、いつごろからかお身体《からだ》を悪くされているとのことですので。『どこまで知ってる』？　いいえ、これ以上のことは特段。

ヤマダ様の娘さんのことでしたら、わたくしの記憶が正しければ、奥さまと別居を始められた時に、奥さまに引き取られたはずかと。最近お会いになられたのは、先月の十日ですよね。プレゼントはその時のものなんですよね。せいぜいその程度で、そんなには詳しくはございませんよ。

……『どうしてそんなことまで知っているんだ！』……？

そうはおっしゃいますが。

ヤマダ様。

……いいえ、小山さまのことは、わたくしもよく存じ上げておりますよ。

勤務先は、株式会社〝――〟で。おや、偶然、先ほどおっしゃった弊社の同業者さんですね。おまけにご所属は、お客さま相談室で。これもわたくしと話が合いそうですねえ。

今年、課長に昇進できるはずだったのに、別部署の同期が滑り込みで先を越していって、あぶれてしまいましたもんね。とってもお怒りでしたよね。

そうそう。

小山《こやま》さまは、娘さんとは、この間はおうちのお近くの神社でお会いになられたんでしたよね？　高校のお受験を控えてらっしゃいますもんね。ご利益《りやく》のあるところでしたら、お二人でお参りされたそちらより、ひと駅先の縁切り神社のほうがおすすめですよ。ええ、あそこはすごいです。よく効きますよ。今お悩みの、娘さんの不登校もきっと解決します。娘さんがピアスをあけて髪を染めたこと、お受験に響くと心配されていらっしゃいますもんね。そもそも勉強をほとんどしていないことも。悪いお友達や朝帰りとも、きっと縁が切れますよ。

ねえ。

小山さま。

ご自分の名前も名乗らず、言いたい放題どなりたい放題、好き勝手に電話をかけて、相手が困っているのは、快感でした？　ふふ。どうせ憂《う》さ晴らしするなら、ライバル社のうちに迷惑クレームの電話をかければいい、と思いました？

それで弊社の業績が落ちて、自動的に小山さまの会社の業績が上がると？　会社を抜けだして、お近くの電話ボックスからこんな電話をかけていられるほどに暇になった、窓際に追いやられたご自身のお立場が、上がるとでも？

そうそう。

お立場に関しては、こんなクレームの電話より、ここのところ毎日のように通勤電車でしていらっしゃる痴漢《ちかん》行為のほうが、会社にバレてしまうと、ちょっとまずいかもしれませんね。ああ、痴漢だけでなく、盗撮もですね。昇進できずにクサクサしている時に、いつも電車が満員で、おあつらえむきに目の前にいる女子高生のスカートがいくら短いからって、触るのも撮るのもどちらも犯罪ですから。相手も、娘さんとほとんどお歳《とし》も変わりませんのにね。

……デタラメを言うな、でございますか？　小山さま。少々お声が震えて小さい……いえ、お電話が遠いようですが。

そうはおっしゃいますが、ご自宅からの最寄駅を、朝八時三分に出る快速に、いつも乗車されておいでですよね？　あれは小山さまではいらっしゃいませんでしたか？

本日は、ダークグレーのスーツに、ブルーのストライプのネクタイをお召しでしたよね。ピカピカの黒い革靴は爪先にカメラ付きで、盗撮用にネット通販で新調されたばかりだったように記憶しておりますが。でも、女子高生のスカートの真下に後ろから片足を差し入れるのは、いくら混雑した電車でも、ちょっとさすがに無理のある体勢だと思いますよ。気弱そうな子だからって、調子に乗ってお尻まで触るのもね。

お疑いのようなので、よろしければ証拠の動画、お送りしましょうか？　せっかくなので、会社と、奥さまと娘さんにも転送しておきますね。あと、警察にも。念のため、送付先のアドレスを口頭で申し上げますが、ご確認いただけますか?

……小山さま?

もしもし?

小山さま?

……あら。切れちゃった。

何かお気に障ったのかしら。かたじけのうございます。

貴重なご意見ありがとうございます、またのお電話をお待ちしております。

＊

あれ?

あなた、ずっと聴いてらしたんですか? ちょうど電話も少なくなる時間帯ですしね。

なんだか顔色、とっても悪いですけど大丈夫です?

あ、私が持っているものが何か気になるんですか。じっと見てらっしゃるから。

これね、さっき私が小山さまにご案内した、縁切り神社のお守りなんですよ。ご利益は厄除《やくよ》けですね。

最近、ずっと厄介《やっかい》なお客さまに悩まされていたけど、このお守りをもらってから調子がいいんです。おすすめですよ。
ああ、新しい電話がかかってきましたね。ちょっと失礼。
……お電話ありがとうございます。
はい。株式会社〝……〟お客さまサポートセンターです。
わたくし前野が承ります……。

神さま
気どりの客は
どこかでそっと
死んで
ください

『ゴキブリの楽しい殺し方』

私が中学生の頃聞いた、忘れられない授業の枕である。

『まず、生きたままゴキブリを捕まえてな。洗面器に水を張るんだ。そこにソイツを浮かべて、上からシャンプーをかける。ゴキブリってのは漢字で〝油虫〟って書くとおり、本来は油分で浮くんだが、シャンプーはその油を溶かしちまう。だから、身体《からだ》の油がなくなったら、もう溺死《できし》するしかない』

意気揚々《ようよう》と語る声は、当時の男性教員のもの。そういえば彼は、つるりと蛍光灯《けいこうとう》の光を反射する頭皮の輝きも強烈だった。もっとも、覚えているのはそれくらいで、肝心《かんじん》の授業内容なんて、数学だったか理科だったかすらあいまいなのに、言葉のひとつひとつも声も顔も、妙に鮮明に脳にこびりついて離れない。

『ゴキブリはいまわの際《きわ》に、どうしてこんなヒドいことするの、私になんの恨みがあるの、って悲しげにこっちを見上げたあとに、なすすべもなくブクブク沈んでいくんだよ。お前らも今度やってみな。なんなら、うちにあるゴキ取りをひとつ恵んでやってもいいぞ。毎度大漁《たいりょう》だからな』

彼の最後の台詞《せりふ》に、げらげらと一斉に笑う同級生たちに囲まれながら、当時の私は、率直にこう感じた。

——気持ち悪い、と。

もちろん、話題そのものへの嫌悪感もある。なぜって、私も世間一般に漏《も》れず、くだんの害虫は大の苦手だ。名前だって聞きたくないくらいで、家の中どころか外で見かけただけでも、数日は黒いものが視界をよぎりやしないかと怯《おび》える。駆除にあたって、罪悪感もへったくれもない。

だがその時ばかりは、嫌われ者の虫だからといって、わざわざそれを生きたまま捕まえ、残虐《ざんぎゃく》な殺し方をして、その殺される瞬間の心情を想像するのをもって「楽しい」と表現するその男性教員の心根こそ、私にとって、何よりも怖気《おぞけ》の走るものだったのだ。

その時に学び、いまだに胸に刻んでいることは、ふたつ。

世の中には、邪魔だからとか、好きじゃないとか目ざわりだからとか、それればかりか「格下で抵抗できないだろうから」という理由だけで、無条件に他の存在を傷つけても構わないと考えるような人間がいるのだということ。

そして、もうひとつ。

さような皆さまとは、何をどう頑張っても、およそ歩み寄ったり理解しあったりしようのないものだ、という事実である。

＊

夜は眠るものだ、と当たり前に考えられたのは、それこそあの授業を受けていた頃までじゃないだろうか。

今、私――宮坂佳奈《みやさかかな》の目の前にある、こうこうとネオンの点《とも》る夜の街は、夜九時を過ぎても「これからが本番」と言わんばかりににぎやかだ。

酒気を帯びたサラリーマンの笑い声、合コン帰りなのか大きな声ではしゃぐ若者たち、「あざあっした！」と声を揃《そろ》えて叫ぶ居酒屋の店員の見送り。まあまあの規模の繁華街らしく、きらびやかで毒々しい、夜ならではの活気に溢《あふ》れたここは、もちろん私にとっても稼ぎどころである。

使い古したデニムのパンツに、量販ブランドの安売りTシャツという素《そ》っ気《け》ないいでたちで、目的地を目指し、私は夜の街を一路急ぐ。誰ぞが捨てたビールの空き缶を遠慮がちに避け、タータンチェックの制服姿の女の子が勢揃いした写真に某《ぼう》有名アイドルグループの名を堂々と掲げた巨大な看板の下を、足早に通り過ぎた。……いつも思うけれど、コレ、大丈夫なんだろうか。確実に無許可だと思う。なぜなら、一列に並んだ女の子たちには、みんな黒い目線が引かれているので。

もっとも、私がこれからするのは、女子高生もどきのセーラー服や、背中や胸元の開いたドレスをまとう夜のオシゴトではない。そういうお店で飲んだり騒いだり、はたまた諸般の事情を抱えて日中できないお買い物に来る人々に向けた——深夜営業のコンビニが、私の仕事場だった。

さてと。今日は店長と交代のシフトだから、棚卸《おろ》しを急いで終わらせたら、すぐに搬入《はんにゅう》のトラックが来るし、その間だけレジお願いして……。

手順を頭の中で組み立てる。えびす顔の気のいい店長には、学生の頃からお世話になっていて、私の呼び方も「宮坂さん」から「佳奈ちゃん」になって久しい。

そういえば、大学を卒業しても正社員の仕事に就かず、バイトの身分に甘んじているうちに、すっかり時間が過ぎてしまった。実に、どれぐらい経《た》ったかといえば、私はもう、二十六歳なのだった。

夢が叶うまでのひと時で、こんなことをしているのも今だけ。その今だけを唱《とな》えながら、私はもう、数度の季節ぶん、次に進むべきステップを見送り続けている。

（……あ。ゴキブリ）

通り慣れた道を通って、店舗の裏口に辿《たど》りついた時、側溝のそばで、くだんの家庭内害虫が潰れているのを発見した。

ホウ酸にやられて息絶えたのか、通りすがりの誰かに踏まれたのか。なんにせよ、よく見かける腹を見せたアレではなく、生きぎたなくこの世にしがみつくかのごとく、むしろ天に何かを乞《こ》うように、べしゃりと地べたにぬかづく、ぶざまな死にざまだった。

洗面器の中で溺死するのもこうして野たれ死ぬのも、実際に命を落とすほうは、さほど変わりはないのかもしれない。ひっそりと、誰にも知られず、いないものとして扱われ、死骸《しがい》すら、そのうち清掃業者にいやな顔をされながら片付けられるのだ。

人間はこうはなるまい、と思いたいが、マンションの自室などで孤独死している方というのは、この国だけで、実に年間何万人と出ているという。

今ここで死んでいるのは、ゴキブリだ。

ゴキブリのはずだ。

——通りすがりに見た害虫の死にざまは、どうにも言い知れない不安感を私の胸にもたらした。

＊

声優になりたい。

その夢のきっかけは、幼い頃に見たアニメだった。

他愛ない夢というものは、普通はそのうち現実的な目標にとってかわられるのだろうが、私に限って言えば、小学校を出ても、中学を卒業しても、高校から「せめて大学は出なさい、決めるのはそれから」と親に口酸《す》っぱく忠告されて進学しても、いつまでも変わることはなかった。……残念なことに、だ。

両親の反対を押し切るようにして養成所に入り、昼間はレッスンと講義、演技の幅を広げるための劇団員。そして最近はようやく、声の関連でいくばくかのギャラが発生する仕事も入るようになっている。

でも、声優の世界は厳しい。目指す人数は何十万人もいると言われている中で、それだけで生計を立てられる人なんてほんのひと握り。親や周囲の目を気にしてぐずぐずと時間を浪費した私は、スタートダッシュも遅かった。これでも、養成所の試験をパスして、小さくとも仕事が回ってくるだけマシなほうだ。

けれど、〝ほんのひと握り〟には到底及ばない以上、メインの収入源は別に持つしかない。日中の大半で、お金にならない声優業に打ち込むためには、残された時間は限られてくる。両親の反対を押しきって上京した手前、彼らが悲しむだろういわゆる〝夜のお仕事〟はしたくなかった。……それに、付き合って長い恋人も、悲しむだろうし。そこで私がほぼ無条件に選んだのが、コンビニの深夜アルバイトだったのだ。

「それじゃ、僕は先に上がらせてもらうね。佳奈ちゃん、お願いできるかな」

「はぁい」

棚卸しも無事に済み、つらつらと回想に耽《ふけ》っていると、奥に引っ込んで帰宅準備をしていた店長が、ひょいとバックヤードから顔を出した。規定の制服に着替えた私は、了解の意図を込めて小さく敬礼のまねをする。

善良という言葉は彼のためにあるのだろう、という店長は、白いものがまじるようになってきた髪を掻《か》き、にこにこと目じりを下げて「ありがとう、よろしくね。でも、女の子独りだから気をつけて」と心配の言葉とともに、ビニール袋をひとつ差し出してくれる。首を傾《かし》げて覗《のぞ》いてみると、中には、チョコレートやサンドイッチ、おにぎりやカップめんなどが、ぎっしり詰まっていた。

「えっ、……店長、どうしたんですか、これ」

「まかない代わりに食べて。僕のおごり」

「でも、こんなにたくさん。それに、お菓子とか日持ちする物や、お野菜や洗剤まで入ってます」

「それはおまけ。賞味期限ギリギリの廃棄ぶんじゃなくて、全部ちゃんとお金払ったやつだから安心して」

「あ、ありがとうございます……！」

思わず、私は袋を胸に抱きしめて頭を下げる。

正直、今月は昼間の仕事が入りすぎて、財布がピンチどころかクライシスだった。次の給料日までずっと納豆ごはんともやし炒《いた》めで過ごす覚悟を決めたぐらいで、すごく、……本当に、すごく助かる。

私より少し年かさのお嬢さんがいるという店長は、「なんか娘を思い出しちゃうなあ」と、とてもよくしてくれるのだ。まるで私が困っているタイミングを見計らったように——まあ、すぐに顔に出てしまうたちなので、実際に見計らっているのかもしれない——、こうして差し入れをくれたり。

「でも、そこに入ってるようなお菓子やインスタントばっかりじゃなくて、ちゃんとしたものも食べないとダメだよ！　あと、いつも言ってることだけど、何かあったら遠慮せず連絡してね」

店長は、差し入れに顔を輝かせる私に満足そうに笑って、店を出ていく。自動ドアの開閉とともに、ぴろりろぴろりろ、と軽快な音が鳴り、私は一人、残された。

——何かあったら連絡してね。

声には出さず、店長の言葉を反芻《はんすう》する。

どこまでが果たして「何か」にあたるのだろう。でも、私は今まで、彼に連絡をとったことは一度もなかった。

もちろん、居心地も都合もいい仕事を辞めたくないせいもある。けれど何より、こうも親身になってくれる店長に、余計な気苦労をかけたくなかった。

そして、――私の本日の地獄《じごく》が幕を開ける。

＊

神様気どりでやってくるお客さまが本当に神様だった例は、私の知る限りひとつもない。いっそすぐさま全員死んで仏になってくれ、と願ったことなら、無数にあるけれど。

誰でもいいので、あいつを殺してほしい。残虐なやり方でなくてもいいので、とりあえずこの世から消してほしい。でも、別に自分の手で殺したいわけでもない。ただ消極的に、死ねばいいのにな、って願い続けている。そういうものだ、〝客〟って。

「おい、レジ‼」

数が心もとなくなったペットボトル飲料を、加温の棚に陳列していた私は、後ろから響いた大きなダミ声に身を竦《すく》ませた。

びっ……くりした。

声には出さず振り向くと、そこには案の定の人物がいる。よれよれのスーツ姿に、こちらをぎょろりと睨《にら》みつける大きな眼。ぷらぷらと掲げるように顔の前で振られる手には、お決まりの最安値のカップ酒。

――来た。

私はこっそりと爪を手のひらに食い込ませるように拳《こぶし》を握り、つとめて笑顔をつくる。

時刻は夜のてっぺんを回ったところだった。彼は、この時間になると、連日のようにやってくるお客さまの一人である。

年齢は推定五十くらい。当然、名前なんて知らない。

ただわかるのは、毎日のように飲み会でもあるのか、来店時には必ずベロンベロンに酔っぱらっていること。そして、おなかの皮一枚下にあるエネルギー貯蓄は潤沢《じゅんたく》のようだが、頭部の毛髪資源が枯渇寸前であること。

おそらく午前中にはワックスで頭部にピッタリ張りつけられていたであろうその髪が、時間の経過とともに無惨《むざん》にも剝《は》がれおち、エアコンの微風にたなびきながら毛根でかろうじて留まるさまが、フワフワと上に乗っかっただけに見える状態になっていることから、私はひそかに彼に「綿ぼこりさん」とあだ名をつけて呼んでいた。私の前にこの店を深夜ワンオペで回していた先輩の頃には、すでに常連だったらしいが、その時点で「落ち武者」「ビアだる」「うすらもふもふ」と変遷《へんせん》を経《へ》ていたという。さもありなん。

つとめて関係ない考え事で気をそらそうとしていた私に舌打ちし、綿ぼこりさんは歯を剝《む》きだすように怒鳴った。

「どんだけ待たせるつもりだ！　客が来たのなんて、見りゃわかるだろうが！　レジ‼」

「申し訳ございません！」

すみません、ご覧いただきましたらわかるとおり棚を見ておりまして、あいにく背中に目がついているわけではないので——なんて言えるはずもない。現にお待たせしたのは事実なので、私は即座に頭を下げてレジに駆け込んだ。

綿ぼこりさんは、チッ、チッ、と細かく舌打ちしながら、レジの前でじっと黙っている。私は首を傾げ、彼の手に握られた未会計のカップ酒に視線を注いだ。

「あの、商品を……」

「あ?」

「お、お会計ですよね?」

「ハァ?」

綿ぼこりさんは顔を引きつらせて、はーっとこれ見よがしにため息をつく。アルコールのにおいに混じり、内臓から上がってきたであろう口臭が、むわっと鼻の粘膜に刺さった。

「オレがいつもここでタバコも買ってんの、アンタ見てるだろ？　あ？」

「え……っと」

「いちいち言わせんなってんだよ！」

「は、はい。申し訳ございません。おタバコですね、番号は……」

「ハァッ⁉　マジいい加減にしろよ！　オレの話聞いてたか⁉　いつもいつも！　ここでタバコ買ってるっての！　気を利かせろよ！　毎日来てやってんだから！　お前のほうが覚えてんだろうが‼」

――そんな無茶な。

途端に、綿ぼこりさんのどなり声がびりびりと鼓膜を揺らし、私は笑顔を崩さないよう必死になった。

もちろん、昨日も一昨日《おととい》も来た彼のよく買うタバコの銘柄《めいがら》くらい、覚えている。しかし、それで前に気を利かせてあらかじめ「いつものでよろしかったですか」と尋《たず》ねたところ、「今日は違うのを注文するつもりだったのに」と、同じく暴言の嵐だったのだ。

毎日やってくる彼は、そのほぼ毎回においてこうしてなにがしかのいちゃもんをつけていく。それも決まって、私が一人で店を回している時を、見計らったかのように来店するのだ。

なぜ、いちいちこんなに突っかかってくるのか。当初は不思議に思っていたが、――たぶん、ひとつには私が女性だから。女性なのに、泣かないからなのだろう。前に似たような状況になった時、「可愛《かわい》げのねえオンナだな、泣きもしねえ」と吐き捨てていたから。

そしてそもそも、私のようなバイトと思《おぼ》しき若い店員がワンオペで回している時を狙って来店し、何かと文句をつけて憂《う》さ晴らしするのは、私が来る前から、彼のライフワークのようだった。

「使えねえ奴だな！　あ？　なんだその眼。店員の癖に、客に感謝の気持ちもねえのか？」

「そういうわけでは……すみませんでした」

「スミマセンじゃねえだろ申し訳ゴザイマセンだろ、どんな教育してやがんだこの店。これだから近頃のやつは」

「あの、本当に申し訳ございませんでした」

私はとにかく頭を下げ続けた。彼の怒りがおさまる気配はない。「口先ばっかり謝っても、ちっとも悪いとも思ってねえくせに」と、ますますヒートアップするばかりだ。

そうこうするうちに、彼の背後には、いつのまにか六、七人ほどレジ待ちの列ができあがっていた。特に、すぐ後ろでつっかえているホスト風の男性の表情が、あからさまにイライラしたものに変わりつつある。私は焦った。

「あの、お客さま。後ろにお並びの方がいらっしゃいますので……」

「は⁉　この店は、客に文句つけんのか？　なんだお前、かしこまりました、次回から気をつけます、すぐやります、それだけで済む話を、グチャグチャと言い訳がましく、挙句の果ては〝お並びの方が〟？　今話してんのはオレだ、他の客のせいにすんな！」

らちがあかない。

何を言っても、この調子で絡まれるのだ。そうこうするうち、ホスト風の男性はじめ、並んでいたお客さまのうち半数ほどが、ため息をついたり不快げな表情を浮かべては、次々に店を出て行ってしまった。

おまけに、持っていた商品をもとに戻してくれるならいいのだが、気分を害した彼らは、当然のように近くの適当な棚にすべてをおざなりに残していく。これが、地味に辛いのだ。冷蔵だったり冷凍だった商品は、早く戻さなければ廃棄行きになってしまう。

誰かもう一人、いてくれればまだマシなのだろう。でも、深夜の営業はワンオペである。基本的に人が少ないことを見込んでの配置でも、こういう時に限って、どんどん人が来てしまう。しびれを切らして半数に減っていたお客さまは、またすぐに補てんされ、そして減り。あとには、彼らが発した苛立《いらだ》ちの気配だけが、棚に戻されない商品の群れとなって残される。

「だいたい気持ちもねえのに申し訳ゴザイマセンとか言っててんじゃねえよ。なんで怒られてんのかホントにわかってるか？　ちょっと言ってみ？　わかるように説明しろ？　あ？」

「いえ、それは……申し訳ございません」

「だから、なンで謝ってんのか訊《き》いてんのよこっちは。なあ、宮坂ってんだろ、オマエの名前、覚えたからな。ここの本社に電話入れとくわ」

それは困る。とっさに私の表情が凍ったのを見て、彼は鼻で笑った。

彼の言葉はよくあるこけおどしではなく、実際に何度か、私宛《あて》のクレームを入れられたことがあったのだ。

当然、店長には接客のことを確認されたが、叱られるどころか「佳奈ちゃん大丈夫だった？　変なことされなかった？」といたく心配されてしまった。そのうえ、「女の子独りで夜遅くのシフトじゃやっぱりまずいんじゃ……」という話になりかけたので、私は慌《あわ》てたのだ。ここのバイトの深夜枠が単独シフトに特化されているのは本社方針だし、そこで同意してしまうと、つまり私はここを辞めなくてはならなくなる。それだけは避けたい。

「おい、聞いてんのか！」

私の焦りに比例するように、綿ぼこりさんの声は、ますます高くなった。バーコードの隙間《すきま》から覗く頭皮が、アルコールと血の気で赤く染まっている。

「申し訳ございません」

次から次に、マシンガンのように繰り出される理不尽なクレームの嵐に、頭を下げてじっと耐えながら、私は心中で唱えた。

――いいから早く死んでくれ、と。

はい、わかりました。あなたの知能がハエ並みに低いのも、倫理観をお母さんのおなかに置き忘れたまま生まれ育ってしまったのも、ようく理解しましたので。可及的迅速《じんそく》に、この世をお立ち退《の》きくださいますか。

あなた何様ですか？　ああお客さまですか、そうですか。

お客さまは神様じゃないんですよ。そして店員は、店員という種類の別の生き物ではなく、あなたと同じ人間です。ひょっとして、ご存じではありませんでしたか。

別に殺したいほど憎くはない。なぜなら、こちらは彼の名前も知らない。どうせ日々の理不尽なクレームだって、私自身に文句があるわけでもなんでもなく、彼の抱えるなにがしかの日ごろの鬱屈《うっくつ》を、どこかで発散したかっただけなのだろう。そして、思い当たる先、手ごろなやつあたりの対象が、私だっただけ。あとくされなくサンドバッグにできそうなのが、目の前の小娘くらいだったのだろう。

理由も理屈もわかるが、別に納得して受け容《い》れられるわけではない。私は聖女じゃないのだから。でも、ことを大きくしたくもない。店長に迷惑をかけたいわけでも、店を辞めたいわけでもないから。

だから、そっと祈ることになる。

頼むから、近い将来、どこかでそっと死んでください、と。

その時はできればマンションよりも樹海なんかが望ましいです。死体処理で他の人に迷惑がかからない状況でお願いします。

私が内心でかけた呪いに気づくはずもなく、綿ぼこりさんはさんざん営業を妨害して怒鳴り散らしたあと、また舌打ちをひとつ残して去っていった。自動ドアの開閉音も、見た目の年齢も店長と同じなのに、この差はなんだろうか。

おまけに彼の背後にできていた行列は、いざ嵐が過ぎ去ってみれば、なんとゼロになっているのだった。時間ばかりが奪われ、売り上げはなし、か。私は人知れずため息をつくと、時計を確認する。彼が来てから、実に三十分近くの時間が経過していた。なるほど。当然、誰も待っていないわけだ。

ついでにその間、買い物を諦《あきら》めた他の客に置き去りにされたスイーツや冷凍パスタは、普通に廃棄送りだろう。

さて。

深夜のコンビニ来店者、おまけに、こんな夜の街にあるそれときたら、ある意味、ビックリ迷惑人間のキテレツ陳列デパートである。

もっとも、昼間の買い物ができない、夜のお仕事の皆さんというのは、この周辺で接客営業をしているだけあって、基本的に〝普通の〟お客さまだ。綿ぼこりさんのように、レジなど店内で直接の面倒をかける人は少ない。せいぜい、他店のゴミをうちのゴミ箱に持ち込んだり、店の前で歓談がてらタバコをふかしたりする程度で。

要するに、ペットボトル一本でも買ってくれるだけ彼らはまだマシで、本当に嫌なのは、たまたま通りがかっただけの学生や、酔っ払いのサラリーマンの集団などである。彼らは平気で店内で騒いだり、吐いたり、トイレを独占したり、雑誌を長時間立ち読みしてページに折り目をつけて立ち去ったり、商品を手すさびに取ってはあっちこっち置き回ったりする。……本当に、勘弁してほしい。

そうして地味に削られた精神力や体力にトドメをさしてくれるのが、綿ぼこりさんのような、あからさまなクレーマー客だ。

毎日入れ替わり立ち替わり、なにがしかの奇人変人が店を訪れる。そして、時には何も買うことなく、そればかりかひどい時には万引きまで試みては、いたずらにこちらの時間と労力を削り取っていくのである。


「たっだいまー……」

「おっかえり、佳奈っぺ。ツカレてんね？　だいじょぶ？」

その日、綿ぼこりさんの他にも何人かの不思議ちゃん系お客さまがあったが、どうにか朝方までの勤務を終えて帰宅した私を出迎えたのは、付き合って三年目になる彼氏だった。

「ただいまあ、真也《しんや》くん。来てたんだ。ホント疲れたよ」

そういえば、忙しくてスマホを見る暇もなかった。遅ればせながら画面を立ちあげると、たしかに、『これから佳奈っぺんち行くよ』と彼からのメッセージが入っていた。

お互いの家を行き来するどころか、なかば同棲《どうせい》のような間柄になった今、合鍵を使って、先に部屋に入ってくつろいでいたらしい。真也――髪色を明るい茶に染めた童顔の彼氏は、私と顔を合わせるなり眉をひそめる。

「佳奈っぺちょっと無理しすぎじゃん？　眼の下、クマすんごいよ。あっそうだ、朝メシどうする？　それ以前にまず夕メシ食べた？」

「うん、店長から差し入れもらって……真也くんも食べる?」

「もらうもらう!　オレ今月どピンチでさ」

「アハハ、仲間だぁ。ねえ待って、真也くんのほうがひょっとしなくても本気でシャレにならないくらいヤバかったりする?　今財布に入ってるのいくら?」

「え、聞いちゃうそれ。ぶっちゃけ三千円?　ってか貯金ゼロだから、あと二週間オレの全戦力がそれだけ?　みたいな?」

「もーっ!　また後先考えずお金使って!」

「だってギターの弦《げん》が切れたんだ。不可抗力でしょ。ねえ、店長サンの差し入れ見せてよ」

「しょうがないなあ」

　眉を逆立てて怒ったふりをする私に、彼は無邪気に笑って手を突き出してきた。

　私の差し出した袋を大喜びで受け取った真也も、私とは種類こそ違うものの、夢を諦められないフリーターである。

　彼が目指すのはミュージシャン。動画SNSや音楽アプリなどでほそぼそと曲を発表したり、バンドを組んで小さなハコでライブをしたりはしているが、まだそれだけで生計を立てるには及ばない。

　ようするに私たちは、似たもの同士なのだ。

興味のあるイベントごとだったり展覧会やライブだったり、プライベートのリズムや趣味は合う。合わない部分には干渉しない。そして、「これから将来、どうするの?」なんて、一番お互いに訊かれたくない部分には絶対に触れない。

真也のそばは居心地がよかった。なぜなら私たち二人ともが、明日をも知れない身の上、無謀にも大海に漕《こ》ぎ出したイカダの漕ぎ手のようなもので、先行きの不安があるのがわかっているからこそ、相手が嫌なことを何より理解できた。

合コンで出会った私たちは、傷を舐《な》め合うように身を寄せ合い、楽しいこと、面白いことだけを話しながら生きている。それでいい。怖いのは自分の将来のことだけでいいのだ。

プライベートでは、ただぬるま湯に浸りたい。

「ねえ真也くん」

それでも、たまに尋ねたくなる。

真也くん、あなたは、私と同い年だよね。もう四捨五入で三十になる年齢なのに。二人ともフリーター。先行きは不透明。これっていつまで許されるの?

「なーに? 佳奈っぺ」

真也はくりくりした眼を瞠《みは》り、首を傾げた。童顔の彼がそうすると、妙に人なつっこく明るく見え、私はとたんに、喉元《のど》まで出かけたタブーの質問を呑《の》みこんだ。

ストレスは、仕事でいくらでも溜まるのだ。ここを手放したくない。

だって、彼は――とても優しい。

たとえ彼が、将来性という意味では、およそ生涯《しょうがい》のパートナーとしてふさわしくない人だとしても。そもそも先行きの不透明さなら、私も似たようなものだし、彼だけに安定を求めるなんて間違っている。

男女平等のご時世に、収入が決め手の結婚という永久就職、なんて、そっちのほうが合理的ではないもの。稼ぐなら自分が頑張ればいいだけなんだから。たぶん、そう。きっと、そう。

「んー……ちょっとね。それより真也くん、さっき、全財産が三千円って言ってたから、コレはい」

私は誤魔化《ごまか》しついでに、財布を開いて、中から一万円札を一枚引っ張り出した。とたんに、彼の目がきらきらと輝き始める。子犬みたいだな、と私は笑ってしまった。

「えっ！　佳奈っぺ、いいの⁉」

「イイも何も、三千円じゃ暮らせないでしょ。当座はこれでしのいだら？」

「やったー佳奈っぺさま愛してる！」

「はいはい、前に貸したのも返してよね？　覚えてる？」

「もちろん覚えてますって。五万……でも二万こないだ返したから、三万？　ねえ佳奈大明神さま、ゼロひとつ負けてくれる気は」

「こらっ！　調子に乗らないの」

どちらともなく噴き出し、私たちは笑い合った。そして私については、その場しのぎの愉《たの》しさの下に、溢れそうになった不安を押しこんだ。

私たち、ずっとこのままでいいと思う？

あなたはいつまで、そうなの？

彼が今の自分たちをどう思っているかは、きっと、ずっと、これからも訊けないのだろう。この居心地のいい、あわいに留まり続けるために。いつまでとも知れないままに。

たとえばこの先、それこそ双方が食うに困って野たれ死に、新聞の三面記事に『貧困カップル賃貸住宅で死体発見、栄養失調が原因か』の見出しが躍《おど》る日が来るのかもしれない。天に祈るように道端で息絶えていた、あのぶざまなゴキブリみたいに。

本当はわかっている。

このままでいいわけがないって。

――でも、彼が好きなのだ。同じように夢を追いかけているこの人のそばで、私は結局、安心している。そこから逃げられない。

じわりと胸にシミを広げるような焦燥から、私は目を背けた。

＊

砂上の楼閣《ろうかく》とはよく聞くが、私の日常は、たとえるならば土台どころか建物そのものが砂でできている。まあ、言うなればむしろ、砂のお城、だ。

夢を諦められず先の見えない日々と、不安定な収入の彼氏との心地よくも不たしかな関係、深夜コンビニでのワンオペ仕事。

どの一角でも、指先でツンと突いただけで脆《もろ》く崩れる。ごくごく些細《ささい》なその要因になるのは、特に嫌なお客だったり、増えずに減っていく預金額だったり、――時には同期の出世だったりする。

私はため息をついて、スマホの画面に目を落とした。スカイブルーのベーシックな背景に表示された白いフキダシには、声優の養成所の同期からの、短いＳＮＳメッセージが入っている。よくつるんでいるグループの中でも、一番仲がいい子だ。

『佳奈もすぐにもっと大きな役がもらえるって信じてるよ！』

可愛らしい絵文字でしめくくられたそれは、彼女が近々収録の始まる大きなアニメ作品の主演級の役に受かったという報告のあとに続いていた。前作で大ヒットを出した有名な監督の新作で、世間の注目度も高い。同じオーディションには、別の役狙いだけれど、私も出ていた。一緒に最初の出世作にできればいいね、なんて笑い合っていたのに。合格の報《しら》せが来たのは彼女だけ。

先を越された。

もちろん、友達の成功は嬉《うれ》しい。嬉しいはずなのに、……素直に喜べない。

そのメッセージを送っているのは、どうして私じゃないんだろう、なんて、考えてしまう。そして何より、そんなドロドロした醜《みにく》い心根の自分にも嫌気がさす。

待っててよ、次は私がもっと大きな役を取って肩を並べてみせるんだから、と。前向きに捉《とら》えればすむ話なのに。置いていかれた、なんて思うべきじゃないのに。

いろいろな思いがいっしょくたになって去来し、胸に何か詰まったように呼吸が苦しくなり、自然と歩む速さが緩まる。私はとぼとぼとバイト先に足を向けながら、ぼんやりと見慣れた夜の繁華街の風景を見渡した。赤や黄色や青の色とりどりの明かりが、どこか遠くかすむようだ。

彼女は明日から収録が始まるらしい。

一方の私はどうだろう。

輝かしい成功を夢見ていたのに、どんどん時間に取り残される。それで、肝心の仕事といえば、スポットライトの当たる真ん中どころか、名もなき深夜コンビニ店員。毎日あんな社会のクズどもに心を擦《す》り減らされて、彼氏との結婚は遠そうだし、なにもかも今一つ化けないまま、友達への劣等感と嫉妬《しっと》で腸《はらわた》が煮えそうで。

私の人生って、ずっとこのままなの？

――私だけが、このままなの？

何か、間違えたのかな。いや確実に、間違っては、……いたんだろうなあ。

ちゃんと親が安心できるような会社の正社員として就職して、堅実な結婚相手を見つけて、少なくとも、毎月給料日の前には明日のごはんも心配しないといけないような生活からは、遠ざかるべきなんだろうな。身の程知らずだったんじゃ、なんて、何度も繰り返し自問した。早くちゃんとした仕事に就かないといけないんじゃないの？　って。

私も、若さや可愛さで売り出せる年齢は過ぎかけており、今後ヒットを出せる見込みも薄い。いい加減にしないと。見切りをつけるべきなんだろう。でも、そのたび見計らったように名前のない端役などの仕事が舞い込んできては希望を持たされ、諦めきれない……そんな負のループが続いている。

絶望的な気分に苛《さいな》まれ、私は腹の奥から黒いものを押し出すように深いため息をついた。

これからコンビニの仕事なのに。気持ちを切り替えなくては。

でも今日は、できるだけ穏やかに過ぎてほしい。心の奥でそっと願った。なぜなら、あまり強いストレスに耐えられる気がしない。

そしてそんな時に限って、いやなお客さまというのは狙いすましたようにやってくる。
ひょっとして彼らは監視カメラでモニターでもしていて、店員が凹《へこ》んでいる瞬間にピンポイントで来店するようにしているんだろうか。

その日に訪れたのは、私がひそかに「ミス便所サンダル」と呼んでいるお客さまだった。
週に一度程度、それも金曜日の、ことさら忙しそうな時間ばかりに来店する。年齢は推定四十前後で、呼び名の通り性別は女性。そして、常に履《は》いている、もとの色がわからないほど真っ黒に垢《あか》じみた便所サンダルがトレードマークである。櫛《くし》をとおしていないのか、白髪の混じったセミロングの髪はボサボサにほつれ、胸元やワキに汗じみが乾いて塩の浮いたTシャツをまとい、応対の間じゅう、カウンターごしにも、なんともいえない体臭や口臭が漂ってくる。レジ直前まで、酔客が無断利用し、おまけにドロドロに汚していったトイレを掃除していたせいで、多少嗅覚《きゅうかく》がマヒしていたのが不幸中の幸いかもしれない。

「ホラ、さっきここで買ったおでん。こんなの入ってたんだけど」

彼女は、化粧っけのない顔を不快に歪め、発泡スチロールの容器から何か摘まみだした。

よくよく目を凝《こ》らすと、それは縮れた黒い毛だった。

　私は反応に困り、固まる。いやいやいや。そんなわけないでしょう。何をどうやったら、おでんにそんなものが混入するっていうの。

「ちょっとあり得ないよね。これ、なんだと思う？」

「ええと……申し訳ございません。すぐお取り換えを……」

「いやいいけどさあ、同じ商品もらっても、また入ってるかもだし。アタシはいつもここ使ってるし。でも、こういうものが入ってたって、最近ネットとかでいろいろ情報がすぐ出回るじゃない？　なんていうの、炎上？　するかもだし、衛生管理とか、そういうの気をつけたほうがいいと思うけど」

「申し訳ございません」

「まあ今回はアタシだから別にいいけど、それにしたってねえ」

　私はため息をつきたいのを堪《こら》え、頭を下げる。

　ミス便所サンダルは、この手のクレームの常連だった。彼女が来店したあとは、必ず再来店がセットになっている。「商品に不備があったから取り換えろ」「先日の来店時に店員の対応に問題があったから責任者を出せ」「ここで買って食べたサンドイッチのせいでお腹《なか》を壊した」「店内で異臭がする」「トイレが汚い」など、バラエティに富んだ、時には真偽すら怪しいクレームを延々とつけていく。綿ぼこりさん同様、後ろにレジ待ちが何人つかえていようとお構いなしだ。

最初に彼女に遭遇した時は、こうではなかった。やたらとレジの時に世間話を振っていくだけのお客さまだったのだ。それも、二十分近く、自分の身内の話やテレビドラマの感想、政治の不満話などを一方的に語っていく。

それだけでも迷惑は迷惑なので、ある時耐えかねて「申し訳ございませんが、後ろにお客さまが……」と注意したところ、今度は「じゃあ正当な理由があればいいんでしょう」と言わんばかりに、クレームをつけていくようになったのである。

前に一人暮らしだとこぼしていたので、話し相手がおらず寂しいのかもしれないが、それにしたって私は彼女の友達ではないし、そもそもここは愚痴《ぐち》を聞くお店ではない。誰かと話したいならしかるべき場所に行くべきで、必要なものを購入したら迅速に立ち去っていただきたい。

彼女への対応については、一度店長に相談したことがある。店長も悩んだ結果、本社にも判断を仰いだが、「現場の判断に任せる」とけんもほろろな反応だったそうだ。

よくよく聞けば、ミス便所サンダルは、同系列のコンビニの近隣店で万引き騒ぎなども起こして出禁になり、こちらに流れ着いてきたらしいが、こちらでは学習したのかお詫《わ》びの品を要求するなどもなく、ただただ居座るだけ。そして彼女も、綿ぼこりさん同様、店長が目を光らせている時には、決してやってこないのである。

「近頃はなんでも電子マネーで便利なのよねぇ。アタシの尊敬する人も電子マネーのビジネスを始めていて、それでこの間なんか……」

いつの間にか話題は、クレームからもすっかり離れていた。どうしよう、と私は途方に暮れ、ついでにレジの空くタイミングを狙っている他のお客さまが帰りやしないかとヒヤヒヤした。

——ゆうに十分以上は気持ちよさそうにしゃべるだけしゃべり散らし、ミス便所サンダルは店を出て行った。

なお、彼女の仕業ではないだろうが、私の目が彼女に釘づけにされている間、雑誌のコーナーは誰かに読み散らされてぐちゃぐちゃになり、ついでに菓子のコーナーからいくつか商品がなくなっていた。

一度きれいにしておいたはずのトイレは、また別の酔客が利用したらしく、吐しゃ物や諸々《もろもろ》で、便器も床も見るも無惨なありさまである。

……あーあ。

万引きについては、店長に報告して、防犯カメラをチェックしなければ。私はどろりと濁《にご》った気持ちを押し出すように、今度こそ心おきなくため息をついた。

＊

とりあえず。深夜コンビニの従業員に、人権をください。

むしろ、私にひどいことをした人たちが、そっと数日以内に死ぬ特殊能力とか身につかないかな。ギリシャ神話のミダス王が、触ったものが全部金塊になったみたいに、私が触った人がみんな死体になっちゃうとか。ノートに名前を書いた相手が死ぬとか、そういう漫画も昔あったっけ。

羨《うらや》ましい。そんなこと、私にも起きたらいいなぁ……。

いやもう、綿ぼこりさんもミス便所サンダルも、店内をさんざん荒らしたあげく窃盗《せっとう》まで働いていったどこぞの知能がミジンコレベルのクズ客も、どいつもこいつもまとめてみんな、今すぐポックリ死んでいただきたい。

いいえ、首を吊れとか誰かに刺されろとか、贅沢《ぜいたく》は申しません。ただ、どこか遠くで、そっとご落命いただくだけでいいんです。ね、簡単でしょう。お願いします。

しかし、いくら迷惑客の死を願ったところで、現実に叶うわけもない。かくして彼らは今後も、平気な顔をして、私の生活と心の平穏を踏み荒らし続ける。なぜなら、コンビニ店員なんて、彼らにとっては道端の小石と同じなのだから。

朝が来て、シフトを終えた私は、とぼとぼと帰途につきながら、スマホでぼんやりとSNSのタイムラインをチェックしていた。今日は一日オフだから、ゆっくり身体を休められるのがせめてもの救いだ。

ちなみに案の定、声優名義の他に持っている、内輪でばかり寄せ集まった裏アカウントのSNSタイムラインは、オーディションに受かった友人へのお祝いメッセージでいっぱいだった。私もさりげなくそこに『おめでとう！　自分のことみたいに嬉しい‼』と雑念を排除して書き込み、紙吹雪の舞い散るはなやかな絵文字で語尾を飾る。

「……ちゃんと心から祝えたらいいのになあ」

思わず、ぽつっと呟《つぶや》いてしまった。

自分がもう少し安定していたら。先の見通しが立っていたら、友達のことも、本当に「我がことのように」祝えたのかな。

おめでたいことなのに、人の幸せを見て心が濁る。そんな自分がいやだ。

深いため息をひとつついて、SNSの彼女のページに入り、タイムラインを下にスクロールしていく。そこでふと、見慣れない写真付きの記事が目に留まった。

『無事に役をゲットできたのは、ひょっとしたら、神様のおかげ？　またお礼参りしなくむようだ。

ちゃ！』

彼女の自撮り写真の背景には、赤い鳥居が見える。鎮守の杜《もり》の、清涼な緑が画面から滲《にじ》むようだ。

……神社、だよね、これは。

『すごい！　コレどこ？　きれいなところだね！』

他の仲間から寄せられたコメントに、友人は神社の名前や、公式ホームページのアドレスを載せている。

『有名な縁切り神社だよ。病気でも人間関係でも、願えば縁ってつくものを片っ端から何でも切ってくれるらしい！　無名な自分とおさらばしたいって絵馬書いたら、マジ即効いたよ。オススメ』

彼女の返信コメントには、可愛い絵文字や文体に似合わない、物騒な単語が並んでいた。

ついつられて神社のページを開き、アクセスや地図を確認する。うん、遠いといえば遠いけれど。行けなくもない距離だ。

「……縁切り神社、かあ」

さらに詳しい情報を求めて神社の名前で検索してみると、さほど時間をかけることもなく、同じように参拝した人たちの経験談を集めたまとめページがたくさん出てくる。友人の前向きなそれと違い、今度は少し怖い話もあった。

『ここの神様、やりすぎ注意というか、切りたいと願った縁は強火でウェルダンどころか消し炭レベルまで焼きにくるから気をつけて。ブラックな勤め先と縁切りしたいって願ったら、異動どころか会社ごと潰れて食いつめる羽目になったのが私です』

『効き目は抜群でも、ひとの命に関わるような願いごとをするならば、それ相応の対価や覚悟が必要になる』

『絵馬の書き方には注意しないと、叶うは叶っても、自分の望んだ方向とは違うほうに進んでしまうこともある。友達の話だけど、浮気されて別れた元カレへの未練を断ち切りたいって願ったら、その元カレはバイク事故で死んでしまったらしい』

などなど、本当か嘘《うそ》かわからないような話がこれでもかと並んでいる。

……どうしようかな。

画面を見つめたまま、道の真ん中で私は足を止めた。

――もし。

万が一、億が一の、もしも、……。

この眉唾《まゆつば》ものの、縁切り神社とやらに、本気で効き目があって。切り捨てたいと願えば、なんでも叶えてくれるとして。

私が今、縁を切りたいものはなんだろう。

先行きの見えない自分自身？　ぱっと浮かぶのはそれだ。

でも、まとめページには『不鮮明なことを書いたら、叶い方が不本意なものになるかも』という情報もあった。オーディションに受かった友人はうまくいったようだけど、メッセージにあった文章そのままとは限らない。妙な書き方をしたが最後、『じゃあもう人生ごと強制終了すれば？』とばかりに、交通事故死なんていうオチもあり得る。

まずはもっと即物的で、誤解の生まれようのない、直近の願いを考えてみれば――？

あの煩《わずら》わしい、神様気どりの馬鹿《ばか》常連客たちを、一掃してほしい。

どうにも胸の気持ち悪さがとれず、私は唇を噛《か》む。

効果があるならなんでもいい。どんな対価を払うことになろうと、少しでも気が楽になるなら、それで、……。

今日のオフ、真也くんはバンドの仲間と練習があるから、一緒に過ごせなかったはずだ。

うん、と頷《うなず》く。

思い立ったが吉日とばかりに、私は駅へと足を向けた。

＊

電車に乗って二時間弱。

それなりに時間はかかったけれど、朝早く出てきたのが幸いした。午前中のうちに、私は清涼な空気が流れる神社の境内《けいだい》に立っていた。

灰色の古びた石畳も、ちょろちょろと龍《りゅう》の口から慎ましやかに水が流れるみたらしも、朱色の鮮やかな鳥居も、ネットに落ちていた画像そのままだ。写真なんだから、当たり前なのだけれど。

私は妙な感動を覚えながら、我が国古来のしきたりに従って手や口を清め、石畳を踏んで本殿を目指す。

ネットの情報によれば、ここはいかにも縁切り神社らしく、こもごもの怨念《おんねん》渦巻く恐ろしい絵馬でも有名らしいのだけれど。ついでに本音を言えば、友人の絵馬にどんなふうに願いが書かれていたのかも気になりはしたが、その他のものも含めて、なんだか見るのは憚《はばか》られる。文字で埋められた白木の板が、他にないほどびっしり吊り下がる絵馬所を、私はつとめて視界に入れないように通りすぎた。

二礼二拍手一礼の、これまたしきたりどおりの参拝の時、私の心は無だった。

無というより、――むしろ迷いの中にあった、と言うべきか。

こんなところに、わざわざ片道二時間弱もかけてやってきて、何を願うべきなのか、自分でもよくわからなくなっていたのだ。

悩んだ挙句、心願成就、とのみ雑に一言念じて、俯《うつむ》けている顔を上げる。

本当、何しに来たんだか。バカバカしくなって笑いがこみ上げつつ、気が緩んだ拍子に、つい、本殿のすぐそばにあった絵馬所が目についてしまった。意図的にするまでもなく、文字の内容も頭に入ってくる。

まず読み取れたのは、男の子だろうか。汚い字だった。太いサインペンで、でかでかと一言。

『おれの財布盗んだやつ、ブッコロ』

「……っ、ぷ」

私は思わず噴き出した。

なんだろう。ものすごく大事なことだけど、ものすごくしょうもないような。絵馬の料金なんて五百円かそこらだろうけれど、失った財布に追い銭《せん》して、わざわざ書くのがこれとは。しかも、ぶっ殺すじゃなくてブッコロ。とことん軽い。

ついつい目移りして、すぐそばを見てみる。たしかに、少し辿ってみただけで、すごくヘビーで思わずたじろぐようなものも多い……が。

『彼氏が結婚前にタバコと切れますように』

『借金と縁切りしたい。あと貧乏ともおさらばしたい。新しい自分に、おれはなる』

観光地のすぐそばであるせいか、比較的明るめで、気の抜けるような願いも割とある。うん。ひょっとしてこの絵馬、……そんなに気負わなくて、よかったりする？

ついでに、ちょっとふざけた感じのお願いごとでも、よかったりして。

だんだん気が大きくなってきた私は、妙に愉快な心地にもなっていた。

そのまま足取り軽く社務所に向かう。白木の絵馬をひとつ摘まみ上げると、古びたカウンターごしに、じっとこちらを見るともなしに無表情で待つ巫女《みこ》さんに、「すみません、絵馬をひとつ」と五百円玉を差し出した。

「絵のあるほうが表になりますので、こちらの面にお書きください。サインペンは向こうです。……どうぞ、悪縁が切れますように」

おそらく定型文を淡々と告げられ、ほっそりした指がカウンターの端を指さす。私は頷き、黒いペンのキャップをとった。

誤解を招かず、単純かつ、ほんのりちゃめっけもありで。私のストレス要因の、最もわかりやすく、端的なとりのぞき方。

声優を志《こころざ》している私は、かつて罹患《りかん》したまま不治のものと化した中二病もあいまって、書く言葉はすぐ決まった。

『嫌な客を、私の代わりに殺してくれる、死神をレンタルさせてください』

神様にねだるには、険呑《けんのん》で不吉すぎる内容かもしれない。というかまあ、そうだろう。でも、今の私には、必要な気晴らしだった。

書いてしまうと、冗談混じりながら、背徳的な字面《じづら》にどきどきする。

絵馬所に歩いていくと、私は目の高さに絵馬を吊り下げかけ、動きを止めた。不吉な他の願いごとに紛れるかと思いきや、『死神』という非現実的なワードが、妙に浮き上がって見える。先述の中二病との合併症で、臆病《おくびょう》も患《わずら》っている私は、絵馬を持った手をうろうろさまよわせた結果、一番下の段に吊るすことで落ち着いた。ためらいのせいで、絵馬には名前も書かなかった。

まあ、ことがことだし、神様も叶えようがない願いだろう。自己満足にすぎない。でも、それでいい。

私は、赤い組みひもの先で揺れる白木の絵馬と、自分の丸い字を眺め下ろし、よし、と頷く。

なんとなくこれで、今日のミッションは完了という気持ちになる。

気が済んだ私は、最後にもう一度本殿に参り、さっき投げ忘れた賽銭《さいせん》を奉じがてら、頭を下げ直すことにする。財布の中にはちょうどおあつらえむきに五円玉が入っていて、さらに偶然にもあった四十円を足すと、『始終御縁がありますように』のゲン担ぎが完成した。

ちゃりんちゃりん。軽い音を立てて、小銭が賽銭箱に吸い込まれていった瞬間、ふわりと風が吹いて本殿の垂れ幕を揺らしていった。まるで、参拝を歓迎してくれているようだった。

さてと。明日からも頑張れるかなあ。うん、何かがうまくいく気がする。根拠もない自信と、かすかな昂揚《こうよう》が去来する。気持ちのいい、晴れた午前中のことである。

＊

まあ、縁切り神社にお参りしたからといって、――当然ながら問題が解決するわけではない。しょせんは神頼みなんて気の持ちようで、ご利益《りやく》だのは迷信なのだ。

「いい加減にしろっつったろ！　どんだけ待たせりゃ気が済むんだ⁉」

その日、また二十三時頃に来店した綿ぼこりさんに頭ごなしに叱られながら、私は内心でほぞを嚙んでいた。

昨日の今日で、効かないじゃないの、私の五百円と四十五円。まあね、わかってはいたけども。

なお、ことの次第はこうだ。レジをあけて商品棚の在庫チェックをしていた間、運悪く綿ぼこりさんが来店した。何があったかは知らないが、いつも以上に虫の居所が悪かった彼は、「仕事をサボっている」と激しくなじり、「土下座をしろ」とまで要求してきた。

「それはさすがにいたしかねます」

「じゃあ店長呼べ！　今すぐここに！」

「申し訳ございません、シフトの関係上、今お呼びすることができず、後日ご連絡をこちらから……」

「ハァ？　オレが腹立ててんのは今なの！　じゃあ本社に電話しろよ。オレが掛けてやるよ。そこの電話貸して」

「いえ、本当に申し訳……あっ、お待ちください！　お客さま、カウンターの中に立ち入るのはお断りしておりまして……！」

勝手にレジの端にあるゲートを突破して業務連絡用の電話に手を伸ばそうとする綿ぼこりさんを、慌てて止めにかかる。酔客との距離が急に恐ろしく感じられた。レジカウンター越しなら、まだ対峙《たいじ》できる気がするのに、まるで動物園の檻《おり》の向こうから、ライオンが脱《ぬ》け出してきたような心地になる。

　そして間の悪いことに、今度もやはり、レジ前にはそれなりに人が集まってきていた。私が綿ぼこりさんに対応している間に、一人、また一人と連なって列になっていく。どうしよう。早くレジに戻らなければいけないのに。

「なあ、まだ？　急いでるんだけど！」

「も、申し訳ございません……」

　そのうち、会計待ちで並んでいた客にも大声で文句を言われ、背中やこめかみから汗が噴き出す。

　同時に、理不尽さも覚えて唇を噛む。

　あの、お客さま。お待たせして、大変申し訳ございません。それは本心だ。

　でも、それを今ここで私に言って、ハイわかりましたと解決できるとお思いですか。ねえ、檻から出てきたライオンに対処している人間に、「なあ、危ないんだけど！　早く捕まえてよ」って文句を飛ばしても、「今まさにそうしようとしてるんですけど」以外の言葉が返せるものでしょうか。まさか、私が気合いで二人に分身できるとでもお思いですか？

　相変わらず綿ぼこりさんは苛々《いらいら》しながら唾を飛ばして私に食ってかかり、後ろに並ぶ客たちは舌打ちしたりため息をつきながらこちらを睨んでいる。私はとにかく頭を下げ続け、謝り続け、宥《なだ》め続け、そうしてどうにか彼がレジを去った時には、実に四十分は経過していたのだ。

「あのさ。ああいうの、早くどうにかできないの？」

「……お待たせして大変申し訳ございませんでした」

その間、諦めず並んでいた男性客にも、会計がてら捨て台詞を投げられる。私は、いい加減下げすぎて痛くなりつつある頭《こうべ》を垂れて、また謝罪した。

もういやだ。

去っていく客の後ろ姿を見送りながら、私は歯を食いしばる。

私は普通に働きたいだけだ。

当たり前に、求められたぶんの仕事をこなして。居心地のいいはずの職場で、まっとうにお金を稼ぎたいだけ。

ここは深夜のコンビニだから、客層の都合で、何があっても仕方ないの？　こんなところで働いている私のほうが悪いということ？　やられ放題の言われ放題サンドバッグになって、それは私が選んだ道だからって、なんでも自己責任で甘んじて受け容れないといけないの？

それは違うんじゃないだろうか。

ねえ、神様。いかがでしょうか。

どこかでご覧になっておいでなら。死神、貸してくださる気になりました？　私の願いごとって、ごく当然で、ささやかなことだと思いませんか。

私は、昨日見たばかりの、境内の鮮やかな緑と赤い鳥居を心に描きながら、そっとまぶたを伏せた。

＊

――なんてまあ、叶うはずないか。

あんなトラブルになったのだから普通は気まずくなるかと思いきや、数日後に何食わぬ顔で来店した綿ぼこりさんを、私は恨みがましく見つめていた。そのアイアンメンタルがいっそ羨ましい。ですよね、知ってましたとも、とため息も出る。

あのあと、いちおう店長にも相談して、もう綿ぼこりさんを出禁にしてもいいか本社の指示を仰いだのだが、手際のいいことに向こうからもクレームの電話が入っていたようで、本社の返答は「お客さまの気分を害したので、次回のご来店時になにか言われたら、誠心誠意謝罪するように」であった。さらに、盗人《ぬすっと》に追い銭で、タイミングを見てお詫びの品をお渡しすることにまでなってしまった。これでゴネ得の旨味《うま》を覚えられてしまったらと思うと、明らかに失策に感じるのだけれど、本社は現場の声を聞いてはくれなかったのである。

店長はしばらく一緒にシフトに入ってくれたが、綿ぼこりさんは、やはり彼がいると来店しない。仕方なく、もうそろそろ元に戻すかと、私一人のシフトになった途端、さっそく意気揚々《ようよう》とやってきたものである。

おまけにその時、珍しいほどに、店内は閑散《かんさん》としていた。有線の音楽だけがしらじらしく流れるそこには、彼と私以外、他に人っ子一人いない。クレームをつけられている最中に誰かを待たせなくていいのは幸いだけれど、逆に、誰の目もないのが恐ろしくもある。どうあっても、ここには私しかいないのだ、と思い知らされた気がした。

また何を言われるやら。いつこっちに来るんだろう。声をかけられるの、嫌だな……。

再びため息をついて彼のほうを見た時、ふとその背後に、普段見かけないお客さんが立っていることに気づき、心臓がひっくりかえるほど跳ねた。誰もいないとばかり思っていたから、余計に。

あれ、誰……？

思わず私は目を凝らした。おそらく初めての来店だ。とはいえ、指先まで隠れるだぼっとした黒一色のロングパーカで、フードを目深《まぶか》にかぶっており、性別はわからない。身長が高いから、たぶん男の人だろう。黒いスキニーパンツに包まれた脚《あし》は骨のようにガリガリで、芸が細かいことに、足元までブラックで揃えてあった。

青白い蛍光灯に照らされるたくさんの棚と、そこにびっしり並んだ食品や日用品。赤、白、黄、青、とさまざまに有機的な色彩を持つはずの見慣れた風景の中で、ひっそりたたずむ黒い姿は、明らかに異質だった。だって彼には、気配というものが、希薄どころか、まるでない。とっさに他に客がいないと勘違いしたほどに。マネキンだって、もう少し存在感があるだろう。彼の周りだけ、空気ごとモノクロみたいで、たとえるならば、西洋の油彩の一部を無造作に切り取って、水墨画に張り替えたようなのだ。

変なの。

まるで、――死神みたい。

私は、状況も忘れて笑いをこぼした。ひょっとしなくても、単にビジュアル系バンドのファンをこじらせただけの方なのだろうけれど。

死神みたいな見た目だから、あだ名をつけるなら〝しにがみさん〟かな……。

まさか、本当に死神なわけはないけれど、数日前に自分のした願いごとを、いやでも思い出させるその風貌《ふうぼう》に、私はおかしくなると同時に、背筋に冷たいものも覚えていた。もし本当に神様がレンタルしてくれた死神なら、綿ぼこりさんの命を刈り取っていってくれればいいのに。なぁんて、冗談だけど……我ながら病《や》んでるなあ。

その真っ黒いお客さんの挙措《きょそ》は、逐一《ちくいち》、滑るように静かだった。なにせ、そこそこの広さがあるはずの店内で、綿ぼこりさんのすぐ後ろにくっついているのに、肝心の綿ぼこりさんは気にするそぶりもない。そこでやっと、彼は、綿ぼこりさんにわざとピッタリ寄り添うように移動していると、私も気がついた。

「……?」

私は眉をひそめた。

不意に、その新顔の推定男性客——改め〝しにがみさん〟が、綿ぼこりさんの後ろから、耳もとに息がかかるような位置で何かをこそこそ囁《ささや》いたのだ。

何を囁いたかまではわからなかった。途端に綿ぼこりさんは目を瞠り、一瞬だけ後ろを振り向いたが、すぐ目の前にいるはずの〝しにがみさん〟が見えていないように首を捻《ひね》り、そのまま店を出ていった。自動ドアが開き、すぐに閉じる。ぴろりろ、ぴろりろ。間抜けにも聞こえる、開閉を報せる電子ベルが響いた。

結局、数日前のことを咎《とが》められることはなく、新たないちゃもんもつけられなかった。私は思わず、ほっと胸を撫《な》で下ろす。

そこではたと気づいた。綿ぼこりさんがいなくなると同時に、〝しにがみさん〟も消えている。店内は、今度こそ本当に、私以外に誰もいなくなっていた。

あれ？　ちょっと待った。

——自動ドア、……もう一度、開いてたっけ？

〝しにがみさん〟、いつのまに出て行ったんだろうか。綿ぼこりさんが出る時には、たしかにドアが動いたけれど。そのあと、新たに開閉の電子ベルは鳴っていたっけ。いや、きっと気づかなかっただけだろう。

首を捻りつつ、切れかけを知らせる赤線が出ていたレシート用紙のカートリッジを交換していると、にわかに外の通りが騒がしくなってきた。店内に誰もいないからこそ、人がたくさん集まって、焦った様子で何か言い交わしている様子がよくわかる。

どうしたのだろうか、と気になりつつも、持ち場を離れられず作業を続けていると、今度は、救急車のサイレンが近づいてくる。

止まった場所はすぐ近くだ。私はとうとう気になって、外に飛び出した。

「どいてどいて！」

「急いで、そっち持って早く」

店のすぐそばにできた人だかりが割れ、救急隊員たちが、担架に乗せた誰かを運び出してくる。

「あの、そこの店から出たのを見てたんですけど、急に胸を押さえて苦しみだしたんです。心臓発作みたいな感じに見えました」

救急隊員に、通報したらしき人が報告している。

「心肺停止だ。……こりゃだめかもな」

別の隊員の一人の小さな呟きを耳が拾い、私は、えっ……と身を竦める。あまりに不吉なその言葉に、思わず担架の上の人の顔を確認してしまった。

「あ……！」

たまらず声が出た。

——綿ぼこりさん。

苦悶《くもん》の表情を浮かべたまま、宙を睨んで固まっているのは、見間違いようもない。先ほどまで店内にいた、綿ぼこりさんだった。

＊

それから綿ぼこりさんがどうなったのか。当然のことだが、私には知るすべもない。どうにも気になって、このあたりの地名や『心臓発作』『救急車』などのキーワードで、SNSに検索をかけてみたが、生死の情報どころか目撃証言もほとんど見当たらなかった。

心臓発作の原因についても調べたりした。そういえば彼は、いつもいつも、ひどくお酒に酔っていた。だからきっと、そのあたりの機能が低くなっていたのかも。店を出た途端にたまたま体調が悪化して、……そういうことなんだろう。

そもそも、彼が本当に亡くなったかも、わからないんだから……。そう思いこもうとしても、どうにも胸の重さが引かない。あの時聞こえた「心肺停止」というのが、医師の確認が完了していないだけで、事実上の死亡に等しいということは、いちおう知っていた。あのあと、彼が息を吹き返した可能性は低い。

考えても仕方のないことばかりで頭がいっぱいになり、私は苦しんだ。何かにつけ、あの〝しにがみさん〟の、不吉な黒一色の姿が、ぼうっと綿ぼこりさんの後ろに張りついてたたずむさまが、まぶたの裏から消えないのである。

偶然だ。

偶然のはずだ。

断じて、あの絵馬のせいじゃ……私が、あんな願いごとをしたせいじゃない。

もちろん気味は悪い。でも、だからといって私にはどうすることもできないのだ。せいぜい、早く、……忘れてしまおう。

悩んでいても夜は来る。その日も、私はワンオペで店を回していた。せめて応対でもしていれば気がまぎれるかもしれないのに、こういう時に限って客は少なく、脳を占めるのは雑念ばかり。私はため息をついて、店内在庫のチェックに向かおうとした。その時だ。

ぴろりろ、ぴろりろ。

自動ドアが開き、来店を告げる電子ベルが鳴った。入ってきた人物に、私はたじろぐ。誰かに来てほしいとは思ったけれど。よりによって、——ミス便所サンダルとは。

真っピンクの綿シャツを着ているため、例のごとく浮いた汗ジミがよりくっきり見える。そして、足につっかけた便所サンダルは、今日もペタペタと軽快な音を立てていた。

気もそぞろな時に、会いたい人物では断じてない。何も買わなくてもいいから、穏便にお立ち去りいただければそれでいい。

けれど、その日もやっぱり、彼女はあれこれと日用品や食品などを購入し。そしてやっぱり、二十分も経たないうちに、真偽の怪しいクレームのために再来店してしまった。

「これ。さっきお宅で買ったお弁当なんだけどね、ほら見て。袋の中に虫が入ってたのよ」

「も、申し訳ございません。すぐメーカーに確認を」

「メーカーかどうかわかんないわよう、だってお弁当の中じゃなくて、袋の中だもの」

それはどう考えても、あなた様のご自宅で混入されたものではないでしょうか……というド正論を呑みこみ、私は「申し訳ございません」と頭を下げる。安い頭だなあとつくづく感じる。

はあっと彼女がため息をついた。その途端に、どぶのような、内臓が腐ったような、なんともいえない口臭が漂ってきて、顔をしかめそうになるのを唇を引き結んでぐっと耐える。嗅覚が敏感な私は、昔から、においにめっぽう弱かった。電車で隣に香水のきつい人が来ただけで、気分が悪くなるほどだ。

「まあねえアナタも災難よねえ。こんな夜遅くに独りで働くんじゃねえ。どうせバイトさんなんでしょ？　ツイてないこと多いんじゃない？　アタシ最近運がよくてね、それもこれも、この水晶のブレスレットを買ってからなんだけど」

また始まった。今度は宗教じみた商品の勧誘らしい。

関係のない雑談とともに、彼女の声はますます高くなり、伴《ともな》って口臭はきつくなる。相変わらず、他に客はいない。いつ終わるんでしょう。気が遠くなりそうだった。

――お願いだから、もうそろそろ勘弁して。思わずレジの確認のふりをして目を逸《そ》らし、適当に相槌《あいづち》を打つ。

「あの、お客さま……」

　引きつりかけていた愛想笑いを整え直して彼女に向き直った瞬間、私はきゅっと心臓が縮みあがった。

「ん？　どうしたのよ？　何？」

　ミス便所サンダルは、急に顔を強張《こわば》らせた私を、怪訝《けげん》そうに見ている。けれど私は、彼女から目を離せなかった。

　──フードをすっぽり被った黒いパーカ、ひょろりと高い背。生気の希薄な雰囲気。

　いつの間にか、彼女のすぐ後ろには、あの〝しにがみさん〟が立っていた。

　こんなに近くにいるのに、不思議と顔は見えない。でも、パーカの袖《そで》からわずかに覗いた指は、やはり骨のように細く、それ以上に、死体のように青白かった。

「何かいるの？　……やだ、何もいないじゃない」

　振り返ったミス便所サンダルの視野から外れるように、スルリと音もなく背後に回り込み、〝しにがみさん〟は高い背をわずかに屈めて、彼女の耳もとに唇を寄せた。黒いフードの向こうで、カサカサと吐息じみた声が漏れているのがわかる。が、ちょうどその唇は死角に入ってしまい、やはり言葉の中身まではわからない。

「……ん？　アナタ、いま何か言った？」

「い、いえ、何も……」

「そう？」

ミス便所サンダルはこちらに向き直って、なんとなく得心のいかないような顔をしたが、それ以上特になにも言うことなく「じゃあいいけど」と締めくくった。

「まあ、そういうことで、これから気をつけてちょうだいね」

「は、はい。ご迷惑をおかけしました」

クレームを続ける気もついでに削がれたのか、ミス便所サンダルは片手をひらひら振って店を出て行った。ぴろりろ、ぴろりろ。また、聞き慣れた気の抜けた電子ベルが、挨拶《あいさつ》がわりに彼女を送りだす。

――キキイィ。ドンッ。

耳になじまない甲高いブレーキ音と、何かがぶつかるような鈍い音が響きわたったのは、その直後だった。

金切り声の悲鳴もあとに続く。誰かが店のドアの前を踏んでいき、ぴろりろぴろりろ、と誰も入ってこないのに来店の電子ベルが鳴った。その瞬間、風に乗って外の音が店内に飛び込んでくる。

「おい、人がはねられたぞ！」

「救急車！」

駆け寄っていく人たちと、「すげえ」「事故初めて見た」と言い交わしながらスマホのカメラを向ける人々。

「アレ助からないよね、変な方向に首が曲がって……」

「女の人かな。真っピンクの服で、かすかにサンダル履いてる足が見えたし、……」

閉じていくドアの向こうで、野次馬たちの声が聞こえる。

誰がはねられたのか、今度は確かめに行く勇気はなかった。

＊

その日、夜が明けるまで、私は身体中の震えが止まらなかった。

シフトの交代時間になった途端、事故のことを聞いて心配してくれる店長を振りきって店を出た私は、まろぶように帰り路を急いでいた。

私のせいじゃない。だって私は手を下してないし、殺したいとも思わなかった。あんな絵馬ひとつで、本当に死神が来るわけないじゃないか。

偶然だ。

偶然だ偶然だ、偶然だ!!

なりそうだ。

　それでも、この気味の悪さを、恐怖を誰かに吐き出してしまわないと、頭がおかしくなりそうだ。

　とっさに浮かんだのは、彼氏の顔だ。一番、そばにいてほっとできる相手。私はスマホを取り出し、ＳＮＳで真也とのトークルームを選んで『今バイト終わったよ、今どこ？』とメッセージを送る。最近、時間が合わずあまり顔を合わせられていなかったが、幸いにして『おつ！　佳奈っぺんちだよ』と即返信があり、好都合にもうちに来ているようだ。

「おっかえり。佳奈っぺ、バイトおーっ！」

「……っ……しんやくん」

　けれど。

　一刻も早く相談しようと思っていたはずなのに、その彼の顔を見た途端、私は膝《ひざ》から力が抜け、へなへなと崩れ落ちそうになってしまった。

「ええ!?　佳奈っぺ大丈夫!?　顔色マジやばい！　ほら早く、こっち上がって！　いや、ここは佳奈っぺんちだけどさ」

　大騒ぎする彼氏の声を聞いているうちに、安堵《あんど》がどっと押し寄せる。

「ありがと、……」

かろうじてそれだけ返し、玄関でおざなりに靴を脱いで上がる。足がふらつくのを、彼が支えてくれた。

彼がいましがたくつろいでいただろうベッドの上には、スナック菓子の袋が散らばっていた。一言物申したいところだが、その気力のない私は、真也が雑に払ってくれたシーツの上に腰を下ろす。

彼はバタバタと小さな冷蔵庫に駆け寄ると、自分がさっきまで使っていたらしいマグカップにミネラルウオーターを注いで戻ってきた。かすかにコーラの味がする水は、飲むとひんやりと喉を冷やし、人心地がつく。

「佳奈っぺマジ洒落《しやれ》にならない顔してるよ。どした？　熱とかある？」

「ううん……」

首を振った瞬間、涙がこぼれそうになる。

洗いざらい話そうと思った瞬間、ベッドの前に屈んで顔を覗きこんできた彼の問いに、ごくんと唾を呑んだ。

「むしろなんか変な客来た？　あの綿ぼこりさんってオッサンは、救急車で運ばれてってから、どうなったかわかんないって言ってなかったっけ。ほかにホラ、便所サンダルのおばちゃんとか」

今にも口から溢れかけていた諸々を、私はかろうじて呑み下した。そして、ようやく冷えた脳みそが、静かに状況を分析し始めてもいた。

言えるわけがない。

神社で死神をレンタルしてほしいとお願いしたら、本当にそれらしいのがやってきて、嫌な客を二人も殺していった、なんて。

のろのろ顔を上げると、真也の、まるで小型犬のような丸い目が、心配そうにこちらを見つめていた。

「佳奈っぺ、水もっぺん飲む？」

「……ん、平気。なんでもないし」

優しい彼に、これ以上心配をかけたくない。奇異の目を向けられたくも、ない。

私はあいまいに微笑《ほほえ》み、答えの代わりに腕を伸ばして、彼の頭を引き寄せた。バランスを崩した真也の「わっぷ」と慌てた声がしたが、おかげでそれ以上追及するのはやめてくれたらしい。こういう時にきちんと空気を読んでくれるこの人が、本当に好きだ。

「嘘だあ。佳奈っぺ絶対、調子悪いだろ」

「真也くんの顔見たら、平気になったよ」

お返しに背に腕を回され、ぽんぽんと大きな手のひらに叩かれる。私はそっと目を閉じて、彼の頭を抱く腕に力を込めた。

＊

もう一度、あの縁切り神社に行こう。

狭いベッドで身を寄せ合うようにして、私たちは眠りについた。隣で寝息をたてる真也の顔を見つめながら、私は声には出さず決意した。

〝しにがみさん〟が来店し始めたのは、どうしたって、あの参拝のあとなのだ。きっと何もかも単なる偶然で、思い込みにすぎないのだろうけれど。他でもない私の心の安寧《あんねい》のために、あの「死神レンタル」のお願いごとを取り下げる必要がある。

急いだほうがいいとはいえ、今日の昼間はみっちり声優の仕事とレッスンが入っているので、行くのは難しい。でも、今晩のコンビニのシフトを切り抜ければ、明日はオフ。

迷惑なお客さまは、綿ぼこりさんとミス便所サンダルが主で、他に常連といえる人はいない。従って、どこかで死んでおいてほしいと私が心底願ったのは、とりあえず両方ともいなくなってしまった。

きっと、今日は安泰《あんたい》に過ぎる。そのはず、だ。

ふと頭をよぎったのは、ミス便所サンダルの来店中、万引きなどを働いていった、顔も知らない迷惑客である。防犯カメラの死角だったらしく、結局犯人はわからずじまいだったのだ。

——まさかもう、来ないよね。万引きも、あれからないし。

一抹《いちまつ》の不安がよぎったが、私は首を振って忘れることにする。

そして、夢の中でもにゃもにゃ言いながら、幸せそうに寝がえりを打つ真也を起こさないように、身支度を整えるべくベッドを抜け出した。

＊

けれど。

この日さえ切り抜ければ、と考えている時ほど、平穏無事に過ぎてくれたことはない。

さんざん学習したはずだったが、私はこの日ほど自分の見通しの甘さを呪ったことはない。「なんだかここのところ物騒だけど、本当に今日のシフトいつもどおりで平気？」と心配してくれる店長に、どうにか貼りつけた笑顔で頷いて返した私は、すっかり一人になった店内で、無心に業務をこなしているはずだった。

「皆さぁんこんにちはぁ、今日はぁ、なんとなんと深夜のコンビニに来てまぁす」

鼻にかかったような若い声に続いて、わざとらしく「えっ、コンビニとか超フッーかよ」「ウェーイ」といかにもな複数人の掛け声が続く。店内に響くそれに、私は視線をさまよわせながら、固唾《かたず》を飲んだ。

髪を明るく染めて、ストリートダンス系のジャラジャラしたチェーンや指輪をたくさんつけた若い男――少年といってもいい歳だ――が中心になり、「はいはーい、撮れてる？みんなぁ、これからむちゃくちゃオモシロイことするから、今のうちにお気に入り登録してねえ」と、長い自撮り棒を使ってしきりにスマホに向かいアピールしている。何が起きているわけでもないのに、げらげらと笑い転げているのは、周りにいる似たような年格好の仲間たち。

ひと目でわかる。

彼らはきっと、動画共有SNSのクリエイターグループなのだろう。なぜなら中心になっている男には、実は見覚えがある。前に店内を勝手に撮影され、おまけに棚の商品を面白半分で並べ替えられそうになり、たまらず注意したら逆切れされたことがあった。しかし、警察を呼ぶと脅したから、それ以降は来てはいなかったはず。いかにもSNSで「いいね」の数をたよりに生きていそうな風貌《ふうぼう》から、来店は一度きりといえど、私は彼にひそかに「イイネマン」と不名誉なあだ名をつけて呼んでいた。

まっとうな手段で再生数や「いいね」を稼いでいる人はもちろんいい。けれど、大声を出して、長い棒を振りまわして撮影を行い、棚から落とした商品を気にも留めない彼らが善良なたぐいではないことも、やはりわかってしまった。

幸い、店内に他のお客さまはいない。けれどそれはつまり、私は店内という密室で、独りきりで彼らと対峙しているということだ。おまけにちょうど、棚に残った在庫チェックのため、レジから出てきているところだったのだ。つまり、動物園でいえば、猛獣の檻の中に入っているのと等しい。

どうしよう。何があってもいいように、電話の近くに行くべきか。むしろ、携帯を取ってきたほうがいいかな。でも、バックヤードに引っ込んだら、その隙に、それこそ何をされるか……。

逡巡《しゅんじゅん》のため、とっさに身動きが取れなくなる。

――しかし、次にイイネマンが口にした一言に、私は全身の毛孔《けあな》が開く心地がした。

「今回は、前回やった〝万引き、一人でできるかなチャレンジ〟に引き続いてぇ、同じお店でリベンジ！　の、〝店員さんと仲直りチャレンジ〟をしたいと思います」

「この前にケンカしちゃったもんねー。まあ万引きはバレなかったけどねー」

「うっせ！　まあ事実だな」

ギャハハ、と品のない笑い声が弾ける。

脳裏に、少し前にミス便所サンダルの相手をしていた間に、さんざん店内を荒らされたことを思い出した。

──こいつだったのか。

沸騰《ふっとう》するほど怒りで頭に血がのぼっているのに、いっぽうで胃が冷たくなるような恐ろしさもあり、私は目を見開いて立ちつくした。

しかし、それで次の挙動が遅れてしまった。

「ってなわけでぇ、こんばんはーっ。お姉サン、前もいたよねー、前はなんか、いろいろ？　ごめんねー？」

イイネマンに、いきなりカメラをこちらに向けられ、私はとっさに後ずさった。

たじろぎ、思わず両腕を上げて顔を隠す私の周りに、五人程度の男たちが寄ってくる。

「な、何かお探しですか？」

私は腕の下から引きつった笑いを浮かべ、からからの喉から上ずった声を捻りだした。

通常通り接客をしてこの場をごまかし、切り抜ける、……そんなことしか浮かばない。

「映ってまーす。お姉サンハーイ笑ってー」

「エッ、オレのこと覚えてないー？　そんなわけないよねー？　だって前にさあ、ケーサツ呼ぶとかって脅されたもんね。お姉サンかっこよかったよねー！」

ぎゃはは、ぎゃははとまた笑い声が弾ける。同時に、肩を小突かれて前に押し出され、私はついに四方を彼らに囲まれてしまった。

やばい。やばいやばい。どうしよう……！

恐怖と焦燥でぐるぐると胃から何かがせりあがってくる。

「やめてください！　け、警察を呼びますよ！」

「ハ？　やってみろや!!」

思わず怒鳴ると、耳を揺さぶるような恫喝《どうかつ》とともに、勢いよく肩を押され、私は床に尻もちをついた。ひっ、と短い息が漏れる。悲鳴も出ない。

「オレたち未成年ですし。つまり悪いことしてもタイホされませんしー。まあケーサツに捕まっても、それはそれでハクがつくってか？　楽しいんじゃん？　……おいちょっと、カッターナイフとってきて。あとハサミ。お店のモノ使うのがポイントな。ここテストに出まーす」

イイネマンの指示に頷き、げらげら笑いながら仲間の一人が商品のカッターやハサミを取ってくる。支払いも済んでいないそれらを、彼らは勝手に開封し、それぞれ手に持った。

「やめてくださいっ！　やめてったら!!」

「では本日のお題にいってみましょー。コンビニのお姉サンと仲直りストリップショーでぇす」

はがいじめにされた状態で、チキチキ……と私の服の胸元に向けてカッターの刃が繰り出される。

常識や理性どころか、同じ言語をしゃべっているのに言葉も通じない。警察に捕まったところで、失うものが何もないのだろう。彼らは人間の形をしているが、まったく得体のしれない、異種族の何かだった。

次に何をされるのかわかってしまった私は、「やめて！」と叫びながら必死に身体を捩《よじ》った。振りあげた片足がたまたま後ろにいた一人にあたり、拘束《こうそく》が緩む。とっさに動けたのは奇跡だった。

「あっイテェ！　なにすんだこの女！」

彼らの手をすり抜けた私は、店の奥にあるトイレに駆け込む。足音が迫ってくるが、その前に勢いよく鍵をかけた。

「えー？　あちゃー、ハプニングです。お姉サン逃げちゃったよ。ちょっとー、こういうの困るんですけど」

「出てきなよぉ、でないとお店のモノいっぱい壊しちゃうよ？」

げらげら、げらげら。笑い声とともに、がしゃん、がしゃんとドアの向こうから何か割れたりぶつかったりする音が聞こえる。きっと、店の中がめちゃくちゃに荒らされている。

私はトイレの個室でガタガタ震えながら、便器の上にへたり込んだ。

どうしたらいいの。手元に携帯はない。助けは呼べない。時間もわからない。でも、朝まで持ちこたえられるのか。怖くて怖くて、心に限界が来ると悲鳴も出ない。空気が薄く、意識が途切れそうで。甲高い耳鳴りがし、ドンドンと外から乱打される拳や蹴《け》りの音は遠いのに。ヒッ、ヒッ、ヒッ、と自分の短い呼吸音だけが、目にしみるにおいの籠《こも》った個室の中で、嫌にリアルだった。

「オラッ！　出てこいっつってんだろうが！」

「なーこれ、バイク乗り入れちゃう？」

「ドア壊す？」

不穏な言葉や罵声《ばせい》が響き、ドアをさらに激しく叩かれる。

身体が震える。歯の根が噛み合わず、噛みしめた奥歯が鳴るガチガチという音が頭蓋《ずがい》の内に反響した。心臓が暴れくるい、胸骨がたわむほどに跳ね回る。

怖い。怖い。怖い。もういやだ。助けてよ。なんで私がこんな目に。

誰でもいい。助けて。誰か誰か。誰か‼

その時とっさに頭に浮かんだのは、数年来の彼氏の顔ではなく。ここ数日目にした、あの黒いパーカの長身だった。

「し、しにがみさん……」

——おねがいします。たすけてください。

声にならない祈りを捧げると、ぬるい雫《しずく》がぽたりと手の甲に垂れた。目から溢れたそれは、顔を俯けているうちに、鼻先まで伝ってボタボタと降ってくる。いつの間に泣いていたんだろう。乾いた喉から、ひゅうと息が抜けていく。

——ぱたり、と。

その途端、嘘のようにドアの外が静かになった。

「え?」

頭を抱えて便座の上で縮こまっていた私は、顔を上げて思わず声を出した。

さっきまでたしかに、壊れるくらい叩かれていたそれは、今は微動だにしない。ひっきりなしに投げかけられていた罵声も、ひとつも聞こえないのだ。

……何があったんだろう。

私は逡巡した。まず可能性としてよぎったのは、罠《わな》だろうか、という危惧《きぐ》だ。わざと静かにしておびき出す作戦に出たとか。

時計もないトイレの中で、便座に座り、私は膝を抱えてひたすら彼らの次の挙動を待った。あの様子では、すぐにしびれをきらして次の手を打ってくるに違いない。

だが、いくら待っても、やっぱり外は静かなままだ。なんの音も聞こえない。それどころか、誰の気配も感じないのだ。

そうすると、今度は自分の置かれている現状が急に気になってきた。さっきまでは恐怖のあまり忘れていたが、ここはお客さまも使うトイレの個室である。空気は籠っているし、何より目や肺にくるにおいの攻勢が、そろそろ耐えきれないレベルになってきた。

「あの……?」

私は意を決して、外に向かって声をかけてみた。

「いらっしゃいますかー……?」

さっきまで、カッターまで持ち出されて暴行されかけていたのに、この問いかけは相当に間抜けだと我ながら思う。でも、他に思いつかなかった。

そしてやはり、返ってきたのは、痛いほどの沈黙だ。

「……」

私はごくりと唾を呑み、気合いを入れてドアのロックを外した。かちゃん、という何でもない音に、ことさらにびくついてしまう。

「……あれ？」

おそるおそるトイレから出ると、店内はそこそこ荒らされていたが、イイネマン一行の姿はどこにもなかった。散乱したカップめんや、床に散らばる酒類のビンの破片は許し難いが、肝心の犯人はいない。店内をおそるおそる見回ってみたが、彼らが隠れている様子はなかった。

「……なんで」

数十秒ほど止めていた息を、肺の中から空気をすっかり追いだすほど深く吐き、私はその場にへたりこみそうになった。

「れ、連絡……店長……警察……」

その静けさが不安なあまり、わざわざ他に誰もいないのに声に出して呟きながら、私は這《は》うようにバックヤードに移動した。壁掛け時計を見ると、時刻は早朝五時である。迷いつつ店長に連絡すると、寝ぼけ声だった彼は即座に覚醒《かくせい》してすっ飛んできてくれた。それからは大変だった。コンビニは一時閉店となり、警察も呼んで事情聴取を受け、店長とともに署まで出向いて、監視カメラの映像などを提出した。それから店長とともに荒らされた店内の掃除をして、一連の事後処理が終わる頃には、私はへとへとになっていた。オフの予定など当然パアである。

「そういえば佳奈ちゃん、今日はさすがに彼氏さんに迎えに来てもらったほうがいいんじゃないかな」

これから店を開ける店長にそう言われたところで、私はやっと真也のことを思い出した。

「あ、……そうですね」

私はまだ強張って動かしづらい表情筋を揺らして笑顔らしきものを作ると、あのあと、肌身離さず持っていたスマホをデニムパンツのポケットから取り出す。

帰りが遅いし、心配されているかも……そう思ってスマホを起動させると、SNSの緑のアイコンの上に、新着メッセージを報せる通知が入っていた。やっぱり、と申し訳なくなってトークルームを開くと、メッセージの内容は予想外のものだった。

『ゴメン、打ち上げが盛り上がって徹カラになったから、朝会えないいくさい』

汗の絵文字や手をついて謝るような顔文字もついていて、私はなぜかどっと脱力した。

その後、彼が自宅に戻ってきているかはわからないが、疲れて爆睡しているものか連絡はなく、どうやら焦る必要はなかったらしい。心配をかけずにすんでよかったとほっとする一方、どこかもやもやしたものが胸に溜まったが、気のせいで片付けることにする。

「……それじゃ、ご迷惑おかけしました。私、帰りますね」

呆《ほう》けた気分のまま、店長に頭を下げると、しきりに「一人で大丈夫?」と焦る彼に手を振り、私はコンビニをあとにした。

＊

それからの私は、なんだか狐《きつね》か狸《たぬき》にでも化かされているような日々を送った。

まずは後日、防犯カメラに写っていたのとよく似た容姿の人物がやっている動画サイトのチャンネルが判明したと、警察から連絡があった。署に行って確認もしたが、たしかにイイネマンだった。見誤るはずもない。

しかし、奇妙なことに、あの夜のあの時刻、彼は番組の中継を不自然に途切れさせていたらしい。どうも、彼の番組内容は以前から法抵触スレスレのものだったようで、今度こそさすがにまずいのではと思って警察に通報してくれた視聴者もかなりおり、目撃証言もそれなりに集まっている。が、本当に、いきなり電源が落ちたように放送が止まってしまった、と。

——それどころか、その翌朝に、ここからそこそこ離れた郊外山道の崖下《がけした》で、仲間とともに車で転落死していたのが発見されたそうなのだ。スリップ痕《こん》などから、ごくありがちなハンドル操作の過《あやま》ちによる事故で疑う余地がないという。

「本当にこの人で間違いないんですかね？」

「あ、はい。……そのはずです……はい……」

「たしかに移動できない距離ではないですけどねえ……ここで番組を撮って、途中でいきなりやめて、それからすぐ車に乗って山まで移動して、転落死って……何をどうやったらそういうことになるのか。若いからどうとか言うつもりはないが、こういうやつの考えることたぁわからんねえ」

疲れた顔をした中年の警察官は、頭をガシガシと掻いてため息をついた。まったくそのとおりなので、反応に困った私は、はい、とだけ頷いた。

この事件については、その直後の事故も含めて少しだけ世間を騒がせ、すぐに静かになった。ひと月も経つ頃には、私の後味の苦さだけを残し、何もかも収束し、世はこともなしとでも言わんばかりに、日常が戻ってきた。

……奇妙なものだ。

それ以来、際だった迷惑客はしばらく来店せず、それどころか、〝しにがみさん〟を店内で見かけることもぱったりなくなった。役目を果たした、ということなのだろうか。

心穏やかといえばそうだけど、……なんだか気が重いというか、後ろめたい。もう少しいうと気味が悪い。

もし自分が、あの縁切り神社で死神を貸してほしいなんて言ったせいで、イイネマンたちがみんな死んだのだったら？

人間誰しも、いろいろな面があって、自分よりも立場が弱い相手を見つくろってストレスをぶつけたり、独りよがりな正義感で誰かを傷つけても構わないと思っている。

ひょっとして〝しにがみさん〟は、もともとこの場所にずっといたのかもしれない。恨みの数だけ死神がいるのかも。むしろ、自分と同じように死神レンタルをあの神社に願った人は、この町にどれだけいるのだろうか、とも。

なお、真也には、コンビニでイイネマンたちに絡まれて恐ろしい目に遭《あ》ったことは、あのあとちゃんと報告した。案の定、徹夜カラオケで疲れきって夕方まで眠っていた彼だが、起き抜けだからか最初のコメントは「なにそれスゲー、激レア経験じゃん」という、なんとも反応に困るものだった。とっさにむっとして、レアも何も私は本当に怖くて、死ぬかと思ったんだけど……と言い募りかけたが、なんだかシュルシュル意気消沈してしまい、私はそこで「かもね」と自分から話を打ち切った。もちろん、〝しにがみさん〟の話は彼にせずじまいだ。

〝しにがみさん〟は、疲れた私の生みだした幻だったのだろうか。

そうでないとすれば、今どこにいるのだろう。

でも、私の心の内など知ったことではないとばかりに、どんどん時間は過ぎるし、日々はめまぐるしく忙しい。

結局、〝しにがみさん〟のことについて深く考える暇もないまま、なかば強制的に、私はもとの日常に引き戻されていった。

＊

「佳奈っぺさあ。イロイロあって大変だったっぽいし、プチお疲れ会しよーぜ」

もやもやした気持ちを抱えたまま、しばらく経ったとあるオフの日。

真也と久々にお出かけし、彼がよく使うスタジオの近所にある、行きつけだとかいうファミレスで食事をすることになった。

「オレここのハンバーグ好きなんだよね、安いのに結構肉肉しーの」

「まじ？　なぁに肉肉しいって」

「食うと元気出るよ。佳奈っぺと食いたかったから嬉しい」

満足そうに言う真也の子犬みたいな無邪気さに、私は思わず胸が詰まった。やっぱり心配をかけていたんだという反省と、ちゃんと私が元気がないことに気づいてくれていたんだという喜びと。

ああ、やっぱり優しい。

じわじわと、ここのところ溜まっていた疲れが癒《いや》される。

「……真也のそういうとこ好きだよ」

目を逸らし、私は照れ交じりに小声で告白した。

あの事件のあった朝、彼からの徹夜カラオケのメッセージに覚えた違和感や、ひどい目に遭ったことを打ち明けた私に「なにそれスゲー、激レア経験じゃん」というコメントをくれたことに覚えた怒りは、だいぶ薄らぎながらも胸につっかえていたが、今度こそ融《と》けていく。なぜって、お互いの邪魔をしないっていうのが心地よかったんじゃないか。それに、まったく心配しなかったわけじゃないだろう。彼だって彼なりに私に気を遣ったのかもしれないし……。

「ん！　オレも佳奈っぺ好きー」

真也は歯を出してニッと笑ってくれる。なんだか楽しくなってきて、私たちは顔を見合わせてくすくすと笑い合った。「元気出してくれてよかった」という真也に、私は改めて泣きそうになる。

やがてハンバーグの皿が二つぶん空《から》になる頃、真也はにこにこしながら続けた。
「あとさ、ここはフライドポテトもンマイんだよ。さっき頼んだけど遅いなあ」
「店員さん呼んで訊いてみる？」
「んー？　いいよ。ってかさ、超どうでもいいんだけど、こないだ面白い動画見つけちゃってさー。佳奈っぺに見せたくて」

動画、と聞いて一瞬イイネマンが脳裏によぎり、少し嫌な顔をした私に気づかず、真也は取り出したスマホを操作して、画面をこちらに向けてくる。
「ほらこれ。ちょっと斬新すぎるだろ。──『ゴキブリの楽しい殺し方』」

ざわ、と。

背筋が粟立《あわ》つような感覚に、とっさに言葉を継げず黙りこむ私の前で、真也は得意げに再生ボタンをタップする。

フルスクリーンに切り替わって流れ始めた映像の中心には、水を張った洗面器に浮かぶ、黒い害虫が表示されていた。
「ほら、シャンプーかけたら溺れるんだって。ウケるよな。ってかそのためにわざわざ捕まえるのヤバ。見てみて」

「え、真也くん……ごはん食べてるし、やめよ」

口の中にこみ上げるすっぱいものを堪え、私は手を伸ばして、正面に座って楽しげにスマホを示す彼の袖口を引っ張った。しかし、彼は構うそぶりもない。

「もういったん食べ終わってるからいいじゃん。でもホントにポテト遅《おせ》えな。……おーい、ちょっと！」

私の様子に首を傾げながらも、真也は近くにいた若い店員の女の子を手招きする。私たちより少し年下らしい女の子は、バイトだろうか。制服のエプロンのリボンを揺らしてこちらに駆け寄ってきた。そういえば、最初に注文をとってくれた子だ、と私は特に感慨もなく思う。

「いかがされましたか」

用件を確認する店員さんのその顔は、気弱そうに眉尻が下げられている。構わず真也はメニューを指さしながら尋ねた。

「このポテトさ。頼んだやつ、オーダーとおってる？　なんか遅くて」

「あ、はい……少々お待ちください」

彼女は、テーブルの上にある伝票入れから、丸まって収められていた感熱紙を取り出した。そういえば、わざわざ彼女を呼ばなくても、伝票を自分で見れば済む話だったじゃない。気づいた私は申し訳なくなって、心の中で小さく謝った。

だが。

「あ、……とおって、ないですね」

文字列に視線を滑らせた彼女の顔が、みるみる強張っていく。

私は息を呑んだ。その変化は、気弱だというだけでは説明がつかない。だって、私も身に覚えがある。綿ぼこりさんや、ミス便所サンダルや、イイネマンと対峙した時、きっと私も同じ表情をしていたはずだから。

彼女の顔に浮かんでいたのは、明らかに――恐怖と焦りだった。

「は？　なにそれ？　アンタが注文ミスってたってこと？　オレらずっと待ってたんだけど？」

その途端、真也の声が、ぐうっと低められる。その眼に浮かぶ攻撃的な気配に、私は思わず彼を呼びとめた。

「ね、ねえ真也くん。大丈夫だよ、私らそんなに暇してなかったしさ……」

「っざけんなよ!!」

私のほうを見もせず、真也はそこで、大声を上げた。

「こっちは待ってんだよ！　もう二十分かそこらずっと！　なあ、どうしてくれんだよこれ。なあ、オイ」

恫喝《どうかつ》といってしかるべきそれに、店内の他のお客さんが「なんだなんだ……」と言わんばかりにこちらを見る。

「あ、……また例の」

「しっ」

その中に、聞き流せない台詞が混じっていて、私ははっとした。――また？　例の？

そういえばこの店は、真也の行きつけだという。そして、彼を見た時の店員さんの、不自然な怯えよう。

「も、申し訳ございません……！　すぐお持ちします!!」

「ゴメンじゃねーよ、こっちの時間はあんたのゴメンで済むほどやっすいもんじゃねーんだよ。わかってんのか。ちょっと店長呼べよ」

「申し訳ございません、申し訳ございません」

「呼べっつってんだろ!!」

見たこともない剣幕でテーブルを殴りつけて怒鳴り散らす真也に、私は唖然《あぜん》とした。

ずっと一緒に暮らしていたのに。

知らなかったその一面に驚き、ただただあっけにとられ、声も出ない。店員の女の子は涙ぐんでいるが、彼の罵声はいっこうに止まらなかった。

――だいたい気持ちもねえのに申し訳ゴザイマセンとか言ってんじゃねえよ。なんで怒られてんのかホントにわかってるか？　ちょっと言ってみ？　わかるように説明しろ？あ？

――これ。さっきお宅で買ったお弁当なんだけどね、ほら見て。袋の中に虫が入ってたのよ。

「申し訳ございません！」

ひたすら謝り続ける女の子の姿に、深夜コンビニワンオペ時の自分を重ねてしまい、私はとうとう居ても立ってもいられなくなった。

「ねえ、もういいってば……！」

思わず本気で止めにかかった時、私はふと、正面に座る彼氏の横に、黒い人影が立っていることに気づく。

深いフードをすっぽりかぶった、黒いロングパーカ。黒のデニム。長身をわずかに屈め、ポケットに両手を突っ込んでいる。すぐそばにいるのに、やはり顔は見えない。

――しにがみさん。

私は、ぱくぱくと金魚のように口を動かした。

見間違いようもない。それは、久しく見ていなかった〝しにがみさん〟だった。

真也が、すぐ傍《かたわ》らにいるはずの彼に気づく様子はない。それも、コンビニでのみんなと同じだった。見えて、いないのだろう。

私はさらに、店員の女の子の視線が、ちらりと〝しにがみさん〟に向けられたのに気づいて息を呑む。……この子には、見えているってこと？

コンビニにいる〝しにがみさん〟は、そこで働く私以外の人に見えている様子はなかった。

ということは、この〝しにがみさん〟を、呼んだのは……。

「何黙ってんだよお前。おい、店長呼べって！」

スーッと脳の血が冷えて、喉を伝って腹に落ちていくような感覚があり、私は呆然《ぼうぜん》と〝しにがみさん〟を見つめていた。

蒼《あお》ざめる私の前で、〝しにがみさん〟はそっと身を傾け、なおも怒鳴る真也の耳もとに、紫色の唇を寄せる。

かさかさと、空気が揺れる。声は聞こえなかったが、動きは読めた。

「つぎはおまえだ」

──と。

※この作品はフィクションです。実在の人物・団体・事件などにはいっさい関係ありません。

集英社オレンジ文庫をお買い上げいただき、ありがとうございます。
ご意見・ご感想をお待ちしております。

● あて先
〒101-8050　東京都千代田区一ツ橋2-5-10
集英社オレンジ文庫編集部 気付
夕鷺かのう先生

神さま気どりの客は どこかでそっと死んでください

集英社 オレンジ文庫

2019年12月24日　第1刷発行

著　者　夕鷺かのう
発行者　北畠輝幸
発行所　株式会社集英社
〒101-8050東京都千代田区一ツ橋2-5-10
電話【編集部】03-3230-6352
【読者係】03-3230-6080
【販売部】03-3230-6393（書店専用）
印刷所　株式会社美松堂／中央精版印刷株式会社

※定価はカバーに表示してあります

ISBN 978-4-08-680291-8 C0193